（中略）大かた一むきに定めて論ひがたき物なむありける。（「本居宣長」）より

〈プロローグ〉

西暦二千二百三十年、地球上の環境は、長年にわたり続いた「地球温暖化」と、それにともない発生した「集中豪雨」や「大洪水」、「地殻変動」などの影響により、多くの大陸で海岸部が海に沈んでいる。

また、多くの野生動物が絶滅に瀕しており、何十年も以前から、ずっと保護を受けている。

「象」や「麒麟」、「獅子」（ライオン）などはおろか、かつては、山間地や一般の都市の家庭でもよく飼われていた「牛」や「馬」、「羊」、「鹿」や「兎」、「犬」や「猫」に至るまでもが、著しくその頭数を減らしており、「希少動物」として取り扱われている。

そうした時代を背景にして、主に海外で人工的に作られたらしい「遺伝子組み替え動物」が、広く市場に出回るようになった。

その数、種にして二十や三十にもなり、世界中で見ると、数十万頭にも達している。有名な生き物では、毛が赤い中型の猿で「猩猩」、は虫類に近く水生の哺乳類、「河童」、緑色の毛をした中型のマーモセット（marmosetキヌザル）や赤い羽の鳥「レッド・クロウ」、青い犬などは、しばしば高級なペットとして高価で取り引きされている。

その他、中国の幻の古代文書『山海経』の中に登場するような「珍獣」たち（鳥のような頭を持つ黒い亀「旋」、牛のように鳴く羽のある魚「鯥」、たてがみの長い狸「類」、羊のようで口の小さい「䍺」、山の中に住む毛深い馬「旄」、は虫類のようにうろこを持つ犬「擷」など）も、生み出されて飼育されるようになる。

類（るい・狸）
擷（けつ・犬）
旋（せん・亀）
羊患
（かん・羊）
鯥（ろく・魚）
『山海経』より

緑の野獣　Green Monster

一、

　それから約百五十年たった西暦二三八〇年のこと、「国際反動組織・デッド・クロ（Dead-Kuro）」の存在と活動の実態が、ここ数年日本の国内においても、次第に明らかにされつつあった。ここでいう「反動組織〈注1〉」とは、時には過激な方法を使ってでも社会の進歩を否定しようとする危険な圧力団体の総称である。しかしその中でも特に「デッド・クロ〈注2〉」は、元々神聖なる山岳宗教に始まっている秘密結社「ブラック・ラビ（Black-Rabbit）〈注3〉」の系列に属していながら、その教義（ドグマ・dogma）の内容をよりもっと過激に実現しようとしているという点では、明らかに元の「ブラック・ラビ」とは別の組織としての危険性を帯びていた。それは「ブラック・ラビ」の中にいた一部の信者たちが、そこから意図的に離脱して、新たな全く別の国際組織に加入したものであり、もはや元の「ブラック・ラビ」とは、直接のつながりもなくなっていた。

　日本の警察では、近年この「デッド・クロ」のメンバーの摘発と取り締まりを強化していたが、最新の「人造人間〈注4〉製造技術」を利用している「デッド・クロ」の動きに対しては、なかなか従来通りの捜査のやり方によっては解決は難しいと思われた。

　そのため警察は、秘かにR市内にある「S産業」の「ロボット研究所」などに、新しい人造人間を完成させるようにと強く要請を続けていたのだ。しかし「ロボット研究所」の清水博士は、いつも資金不足を理由にして、その依頼をことわり続けている。

「……人造人間を一体作るために、いくらかかると思いますか？　少なくとも……三十億円くらい、いやいやうっかりするとね、百億円くらいの資金が必要なんです。そんな大金をすぐに支払える企業は、日本国内にはあまりありませんよ。しかし……これが、サイバネティックス、つまり改造人間ということであれば、ひょっとすると、可能になるかもしれませんね。それでも、数億円はかかりますよ。しかもこの金額は、研究・試作の費用は全額当社で負担した場合であって、全く一回だけ改造人間を作るための純粋な製作費用が、数億円かかるという計算です。また改造人間を作ることは、いまだに人権上決して容易な話ではありません。まず本人の強い意志と周囲の支援は絶対に必要ですし、それを社会が必要としているというかなり客観的な根拠を企業にも提出しなければなりません。つまり、仮に今後いくら技術が進んで、改造人間になるための手術を受けたいという人が、どんどん増えていったとしても、まだそれだけで全員が改造人間になれるような簡単なサービスではないんですよ。」

　しかし、それでもこの時代の警察関係者の中には、どうしても改造人間いや出来るならば人造人間さえ、完成させる必要があると主張する人が決して少なくなかった。それは「デッド・クロ」による秘かな「暗黒帝国計画〈注5〉」と呼ばれるものが、それだけの危険性と急迫性を持っていると考えられていたからである。

「デッド・クロ」は、「人造人間製造技術」により製造した不可解な「ダミー人間(dummy)〈注6〉」すなわち「カエル人間」と呼ばれる生物を、日本国内のあらゆる組織に送り込んでおり、それによってその組織の内部に混乱を引き起こし続けていた。「ダミー（カエル）人間」とは、「デッド・クロ」が、遺伝子操作技術を利用してカエルから製造したとされている全く同じ遺伝型を持つ人工生命体のことである。特に「デッド・クロ」は、一見すると完全に普通一般の人間と区別のつかない程優れた人工生命体を大量に製造することに成功したとされていた。（カエル人間は、全員が同じ姿、顔形をしており、同じ一つの任務を与えられている。そして容易に顔や姿を変えて組織に侵入してくる。）「デッド・クロ」は、このような「カエル人間」を、海外との直接的な流通に携わっている海運会社や国内の主な流通産業、あるいは重要な情報をやりとりするマスメディアや情報産業分野、ロボットや先端技術を開発している産業技術分野などに、次々と送り込んでおり、その人数は優に一万人を越えているとさえ言われていた。

この危機的な状況をかんがみ、日本人の若い人の中にも、自らが進んで改造人間となることを志願する者も多くあった。しかしその大半が、経済的、肉体的限界に直面して断念せざるをえなかったのである。

こうした中、「S産業」の「ロボット研究所」においては、秘かに全国から高い身体能力を持った青少年を選び出し、「改造人間RX計画」と呼ばれる民間による組織的な調査活動を精力的に進めていた。そしてその中から、後に独自の超法規的活動を開始することになる「サイバネティックＲＸ５」と呼ばれる五人のサイボーグ青年も生まれたのだ。

二、

後に、「サイバネティックＲＸ５」の一人となる「西山ヒデキ」は、昨年春に高校を卒業して以来、ずっと民間の貿易会社に勤務して、国内の複数の企業からの依頼を受けて、たった一人で「カエル人間」との闘いを続けていた。

この時代、既に日本国内にある全ての企業が、巨大な管理コンピューターシステムを導入することで危機管理を普通に行っているが、ヒデキの主な任務とは、こうした管理コンピューターのセキュリティシステムをかいくぐり国内に侵入して来る「カエル人間」に向けた暗号による秘密指令などを未然に発見し侵入をくい止めることであった。

しかしこの数年は、国際反動組織「デッド・クロ」による管理コンピューターシステム自体に対する攻撃が次第に増加しつつあって、「カエル人間」たちにとってだけ都合のよい情報のみが、管理システムを自由に通過するような状況がずっと続いていた。

「デッド・クロ」が製造する「カエル人間」の特徴は、まず全員が世界中のあらゆるコンピューターシステムを全く自分の身体の一部のように自由自在に操作出来るという点、また「カエル人間」は、全く変幻自在に自分の顔形や姿形を変えることが出来るという点、これは「カエル人間」の身体が特別な蛋白質から造られているためであり、わずかな薬剤を使用することにより容易に身体の表面が流動化していき簡単に形を整えることが出来るらしいからである。さらに「カエル人間」は、通常の人間では、どのような訓練を重ねても決して到達不可能な程高い運動能力を備えている点、特に骨や筋肉の柔軟性、皮膚の強度、心肺機能の強さ、感覚と反応の鋭敏さにおいては、「カエル人間」は一般成人男性の二倍から三倍近い強度と反射神経を持つものと考えられていた。

ヒデキは、こうした「カエル人間」たちが持つ能力をある程度知った上で、もはや自分自身が改造人間となって、「カエル人間」たちの侵入をくい止めるしか方法がないと常々考えていた。そこで十代の頃から関わりを持っているS産業の「ロボット研究所」で清水博士から「サイボーグ検査」を受けようと決断したのだった。清水博士とは、ヒデキがまだ高校に在学していた十代の頃から関わりを続けていたが、「サイバネティックス(cybernetics)〈注7〉」に関しては日本の第一人者と言えた。ヒデキは、この清水博士と週に何度も会い、改造人間になるための細かな打ち合わせをずっと繰り返して来たのだ。

清水博士は、もうまもなく数年で八十歳になるような老人であったが、今でも現役で「サイバネティックス」の実験・研究を行っていた。かつて若い頃は、四十年以上にわたりS産業の「ロボット研究所」に務めており、そこで「サイバネティックス」の研究を通してヒデキと出会った。しかしこの数年は、さすがにかなり高齢であることから、「ロボット研究所」は退職しており、S産業との直接の関係も薄い。個人的に自宅に「サイバネティックス」の研究施設を作って研究を行っている。

ヒデキは、週に一日か二日、貿易会社の仕事を終えた帰りに、清水博士の研究所を訪れることに決めていた。ヒデキは、自分のようなごく普通の人間が「カエル人間」と闘いを続けるためには、どうしてもサイボーグになるしかないと心の底から信じ込んでいた。

「しかし……最近では、まだ高校に通っている少年達の中にもサイボーグになりたいという子がどんどん増えてしまっているんだよ……。」

ある時、清水博士がヒデキにそんな話をすると、ヒデキは急に顔を曇らせた。

「そんな少年は、もう俺だけで十分ですからね。」

ヒデキは、そう言ってから少し口を噤んだ。

「この間も、一人の美しい男子高校生が、ここを訪れてね。三億円を支払うと言ってきたんだよ。三億円もの大金をどこで手に入れるんだと聞いたらね、スポーツ財団から今日出してもらうんだと言っていたがねえ……。お金って、あるところにはあるものだとつくづく驚いたね……。私が十年くらいかけてようやく作るような大金を、あんな若いのに簡単に手に入れてしまうんだから……。まあ、その大金を使ってサイボーグになりたいというのなら、それでも私はかまわないよ、とは言っておいたけれどね……。もう君よりは先にサイボーグになるだろうね。」

「何という名前の少年ですか？」

ヒデキは思わず身を乗り出して尋ねた。

「うん……。東村タカシ君といってね。とても真面目そうで綺麗な少年だったよ……。どうだね、今度ヒデキも会ってみないかね？」

「はい……。でも……」

ヒデキは少し俯き、顔を赤らめながら言った。将来サイボーグのリーダーになることを目指しているらしいヒデキにとっては、どうしても会わずにはいられない少年のように思った。

ヒデキのしている貿易関係の仕事は、比較的収入は多い方であった。しかしそれでも、年収にして一億円を越えるような年はめったになかった。普通ならせいぜい多くても七、八千万円くらいが最高であった。そこから生活費などを差し引くと、結局「サイバネティックス」のために使える金額は、年間五千万円にも満たないのである。

ヒデキは話をするうち、いつも我慢が出来なくなり、自分から着ていた服を脱ぎ始める。そしてたちまちのうちに、少年にしてはかなり逞しく男らしい裸の上半身を露わにした。それから、いつもずっと首に付けている赤いルビーのネックレスも取りはずした。そうすると、今度はたちまちのうちに清水博士がクロロホルムの出ているマスクを取り出し、背後からヒデキの口と鼻に当てがった。そしてしばらくそれをじっと押さえていると、まもなくしてヒデキは清水博士の腕の中で意識を失いぐっすり眠り込んでしまうのだった。

ヒデキは、いつも「俺は、最高に動きも速いし、すっげえサイボーグになれますよね、きっと」などと口では威勢のいいことを言っているが、いざ実行する段になると、途端に怖じ気づき暴れ出すこともよくあった。

ヒデキが意識を失うと、いつも清水博士は、トランクス一枚になったヒデキの身体を地下の実験室まで運んでいく。

清水博士は、もちろんヒデキのことは大好きであったが、彼の中で一番好きなところは、むしろ「サイバネティックス」のためというよりは、その徹底的に自由な心と身体の動きの全てであった。清水はいつもヒデキという存在の全てに深い愛情を感じずにはおれなかった。

清水博士は時々つくづく自分は醜く残酷ないやな性格を持った人間ではないかと疑っていたが、ヒデキだけは、清水博士が正直にそれを行うことを認めてくれた。だから清水博士は、眠り込んでいるヒデキの裸体を、いつもしばらくの間地下の実験室の中でじっと抱き締めていることさえあったのだ。

子供の頃からずっとバスケットボールばかりしていたというこの青年の肉体は、決して筋骨隆々の立派なものではないが、十分肉付きもよくしっかりと出来上がっていた。いつもやや照れながらも、「サイバネティックス」の研究のために自分の肉体を提供してくれるヒデキに清水は心の底から感謝していた。

清水博士は、やがて、裸体にしたヒデキを静かにベッドの上に横にならせ、身体全体に電極を取り付けてからいよいよ実験を開始した。

清水博士は、この数年はずっとヒデキからだけ勇気をもらって仕事を続けてきた。もしヒデキと出会ってなければ、清水博士はここまで思いきったサイボーグの研究にのめり込むことも考えられなかったかもしれない。少年と清水博士との間にあった越えられない一線をヒデキはいつも簡単に乗り越えることを許してくれた。ヒデキは、そんな魅力を持った青年であった。

三、

ヒデキとタカシの他に、もう一人サイボーグになりたいと、最近清水博士の元にやって来た青年がある。山奥でずっとお爺さんと二人だけで暮らして来たという南田モリヤという名前の青年である。

ある寒い冬の夜に、モリヤは一人でマウンテンバイクに跨がって、清水博士の研究所を訪れた。

「……俺の爺ちゃんが、お前はもうサイボーグにでもなりなさい、サイボーグになるしか、お前がもう生きのびる道はないんだよ、と言うんです。」

二十歳を少し過ぎたばかりのこの青年は、その時清水博士にそんなことを打ち明けた。真冬なのに薄い木綿の下着一枚にジーンズとダウンジャケットを羽織っただけの軽装であった。

清水博士は、その時モリヤの顔を見て、目を細め、静かに微笑みながら言った。

「……そんなことは、君次第ですよ。いやなら……何も、サイボーグになどなる必要はない。いくらお爺さんがどんなにしつこくなれと言ってもね。」

彼は優しくモリヤにそう言いきかせた。

するとモリヤは、お爺さんが最近になってモリヤが風呂場で裸になっている時にやってきて、「お前の身体には恐ろしい野獣のような血が流れているんだろう」と言っては、体中を細いムチでたたくのだと話した。清水博士は、それを聞いて少し驚いてしまった。これには何か理由がありそうである。

モリヤは、子供の頃から夏の間はマウンテンバイクに跨がって山の中をずっと駆け回っているような元気な少年であったが、最近山の中で奇妙な顔形の人間が大勢で集まって何かおかしな活動をしているのをしばしば目にしていた。山の中にも「カエル人間」たちの秘密基地が何処かに出来上がっているものらしかった。またモリヤは、このような「カエル人間」たちの自殺した姿をしばしば山の中で目撃した。それは、身体全体がドロドロに溶け出し、アメーバーのようになり、しかもそれが生きていた時の臓器の一部のようにまだ温かく動いているのだった。モリヤがそれを指で触っていると、側で見ていたお爺さんが急に厳しい表情になり言った。「……お前は、もう、そんなきたないものを触っていても平気だし、もしわずかでも性的な興奮を感じるならば、サイボーグにでもならなければいけないよ。もう、この山の中にさえいてもいけない……。」

　モリヤは、それを聞いて少し恐くなった。

「……カエル人間の死体に触った時、君はどんな感じだったの。気味が悪いとは感じなかったのかい？」清水博士は優しく尋ねた。

「いいえ……」モリヤは俯いて答えた。

「それでは、……君自身の身体が生きていながら、全く死体のように扱われることが、サイボーグになるということなんだけれど……。どうなんだろうか？」

　さらに清水博士は、モリヤに少し笑いかけながら言った。

「君は、人前で全裸体で死体のように取り扱われることは、どうなんだね、全く平気なのかね。」

　すると、「はい」モリヤは清水博士の目をじっと見つめながら、はっきりと答えたのだった。「俺は……それでも平気なんですよ……。」

　そこで、清水博士はモリヤの身体がサイボーグになることに耐えられるかを調べる理由を告げて、ダウンジャケットを脱がせ、シャツとズボンを脱がせた。そしてブリーフ一枚の裸体にさせた。

「……骨や筋肉は、しっかりと出来上がっているが……。しかし内臓はどうだろう？」

　それから、清水博士はクロロホルムが吹き出しているマスクをモリヤの口元に軽く押しあててやった。モリヤは少しの間、ふらふらとして手足を動かしていたが、やがて完全に意識を失って、その場に倒れ込んでしまった。

清水博士は、地下の実験室へとモリヤの身体を運んでいき、そこでモリヤの身体から基礎的なデータを取るための実験を開始した。

そこではモリヤの身体から発せられる全ての電気信号が、コンピューターに接続され情報化されていく。基礎体温の変化、心拍数と心電図の変化、脳波、筋電図など、こうした情報に従って、モリヤの身体に最も適したサイボーグのモデルが設計されていくのだ。

清水博士は、特に近年七十歳を越えるようになってからは、サイボーグになろうとする青少年に対しては、特別な愛情を感じるようになっていた。どうしたら若く瑞々しい肉体の感覚や印象を損なわずにサイボーグを作ることが出来るのだろうか？　清水博士は、少年たちの若く初々しい美しい肉体をすぐ側で見つめながら、いつもそう思うのであった。

今回の実験から明らかになったことは、モリヤが普通の青年より相当高い心肺機能を持っているという点である。これはモリヤがいつも山の中でマウンテンバイクに乗って走り回っていた所為であろう。しかしまたこうした身体能力の高さは、天性備っていることも多い。モリヤは、筋肉や骨が山猫のように柔らかく丈夫でありながら、重心がかなり低い。こうした点では、明らかにヒデキの肉体ともやや異なっていた。ヒデキも筋肉や骨はかなり柔らかい方だが、身体全体がとても軽く動きはむしろかなり速い。そして僅かな光などに対する反射が、即座に神経を通じて全身の筋肉に伝えられていくのだ。

清水博士は、モリヤの身体から得られたデータをコンピューターのディスプレイ画面の上で見つめながら目を瞑った。モリヤのようなタイプのサイボーグもぜひ作ってみたいが、これで現在自分が関わりを持っている少年は三人になるのだ。彼らを全てサイボーグにするとすれば、少なくとも七億円以上、いやひょっとすると十億円に近い資金が必要になるのである。しかしこのうちヒデキ自身で支払える金額は、せいぜい年間で一億円が限度であるし、これに先日訪ねて来たタカシの三億円を加えても、資金はとても十分とは言えない。資金だけが致命的に不足しているのだった。これにモリヤの分も出すとなれば、さらにもう三億円以上いやはっきり言えばまだ五億円くらいの資金を上乗せしなければ、とても無理であった。

さらにヒデキやモリヤが、「カエル人間」たちの追跡から、いつまで逃げ果せられるのか、それは実際のところ全く彼らの能力や努力そして運如何にかかっていた。しかしもし「カエル人間」たちが、特にヒデキやモリヤにターゲットを絞って追跡を続けてくるなら、もう彼らが二人を捕まえて、二人と全く同じタイプの「カエル人間」を大量に製造するようになるのは、全く時間の問題ということも言えた。

清水博士は、身体中に電極を沢山取り付けているモリヤの裸体を改めてじっくりと眺めていた。モリヤは、これまでに自分が出会った中では、最も野性的な人間の逞しさや美しさを備えた青年かも知れない。すらりと長くしかもしっかりと丈夫で安定した下半身、性器の活動も生々として力強そうだ。お尻は小さく、胴体は太くて頑丈で所々に筋肉が大きく盛り上がった部分も見える。清水博士は、思わずモリヤの背中や脇腹にある筋肉などに直接触れてみたくなったが、その時急にモリヤが目を覚ました。そして自分が今裸体であることに気づき、少し恥ずかしそうに顔をしかめた。

清水博士は、静かにモリヤの身体を寝台の上に起こすと、少し照れたような苦笑いを顔に浮かべているモリヤの裸体に取りつけられている電極を一つ一つ丁寧に外していった。

「これで、君がサイボーグになるために必要なデータはほぼ全て得ることが出来たよ……。後は、資金だけだが……。しかし、約五億円近くはかかる……。すぐに出せるのだろうか？」

清水博士が言うと、モリヤは「お爺さんは、持っている山の一部を売ると言っていますが……。それで支払うそうです……。」と小さな声で答えた。

「ええっ、本当かね、そんなものがあるのかね、それは、とてもありがたいことだね……。」

清水博士は、思わず喜んでモリヤの手を強く握り締めた。しかしモリヤは少し笑いながらも、顔を上げ大きな猫のような灰色の瞳を見開いたまま、弓のように形のよい眉を吊り上げて、じっと清水博士の方を見つめているばかりだった。その後モリヤはすぐに帰っていった。

四、

　その数日後、東村タカシがスポーツ財団から受け取ったという三億円分の小切手を持って、ロボット研究所を訪れた。来た時はまだタカシは社会人野球のものらしいユニホームを身に付けていた。

　タカシによれば、彼は二年近くそのスポーツ財団に野球の選手として雇われていたが、十分な結果が出せなかったため、近く解雇されることが正式に決まったのだという。

　タカシは元々野球のバッティングの技術を高く買われており、そのスポーツ財団に雇われていたのだと言うが、その後思うように試合で打率が伸びなかった。その結果チームにとってはもういらない選手となってしまったらしい。

「……結局、俺は野球はあまり上手くなかったのかなと思います……。スポーツ財団に入ってみて、それが分かりました……。俺は、サイボーグになる方が向いているのかもしれない……。」

　タカシは言った。

「……しかし、だからといって、すぐにサイボーグに向いていると考えるのは、少し飛躍がありすぎるよなあ。君は、お金さえ出せば、誰でも簡単にサイボーグになれると思っているんだろうねえ……。そうではないの？」

清水博士は言った。するとタカシは少し困った表情を浮かべて笑った。どうもこの若者はお金があってなりたいと思うならば、当然すぐにサイボーグになれるものと信じ込んでいるらしい。

「俺の身体は、もうサイボーグになることだけを求めているんですよ……。野球よりはサイボーグだと毎晩のように俺の身体は訴えているんです。」

タカシはさらに真顔で思いきったようなきっぱりとした口調で言った。

「……しかし、第一、君はサイボーグになって、何をするつもりなのかね……。そうしたことも全て書いて会社に提出して許可を取らなければならないんだよ……。」

清水博士は、タカシの顔を見つめながら目を瞑って言った。

「……何をするかって、そんなことは、まずサイボーグになってから考えてもいいんじゃないのですか。……絶対何かの役には立つでしょう？　まずは、今世の中を騒がせているカエル人間を退治するためですよ。」

タカシのその答えを聞いて、清水博士は、ますます不安を感じないではいられなかった。

「……私は、君くらいの若い頃は、ずっとボディビルなんかもしていたんだが……。君は、まずはボディビルをしてみるのはどうかね……。人々に自分の美しい肉体を見せるのは、どうかね、あまり嫌いではないのかね……。」

するとタカシは「はい……しかし、実は自信がありませんが」と少し俯いて答えた。

「……ううん、それでは……さらに全裸体になっていて急に意識を失わされるとか、その上さらに電気刺激により自然に身体が動かされていくような高揚した感覚はどうかね……。裸になり一度完全に意識を失ってロボットのようになった後で、再び蘇って来る感じだが……これが、サイボーグというものなんだが……君は、どうだね、いい感じなの？」

清水博士が言うと、タカシはやや青ざめながらも「はい……まあまあ、大丈夫だとは思います。カエル人間を倒すためならばね」と答えた。

「それじゃあ……。少しやってみようか。」

そこで清水博士はタカシを地下の実験施設へと連れて行ったのだった。そしてまずタカシの堅そうなスパイクとソックスを取り去るとユニホームを全て脱がせてしまった。

清水博士の「サイバネティック理論」に対しては、いつも「人権保護団体」などから、かなり厳しい批判を受けていた。清水博士の少年の性に対する嗜好性などがとても常軌を逸しているという批判が大半であった。確かに清水博士は、サイボーグの設計、製作に当たっては、いつも少年たちの性器の勃起する能力などを中心的な動力源として位置づけていた。それは、サイボーグ自体の一つのエネルギー源であると同時に、唯一の活動や身体表現の源泉とも考えられているのだった。

「性エネルギー（リビドー＝libido）」に〈注7〉ついては、有名な「フロイト（Sigmund. Freud1856～1939）〈注8〉」による「性理論」などがある。そこでは特に「性器（男根）」は父親に対する反抗心を引き起こす器官と考えられているが、清水博士は、別の心理学者の考えなども参考にしながら、それをサイボーグの身体表現の中で、むしろもっと肯定的に理解して「昇華（しょうか）〈注9〉」するような形で活用していた。従って、清水博士の方法による場合、サイボーグになる少年たちは、「性器」も含めて全身的な身体表現の全てが記録されて利用されることになるのだ。

清水博士は、まずタカシの肩や胸の周辺と、性器から太股にかけて電極を取り付けると、筋電図のパターンをコンピューターにインプットし始めた。タカシは、以前身体に強い刺激を受けた状態で、急に少女の喚声などを聞いた時に少し心臓に変化が起こったことを告白していた。清水博士は、この反応を増幅させ、さらに全身的な運動へと転換することで、よりタカシにとって共感的なサイボーグを設計することが出来ると考えていた。

「……タカシ君は、美しい白い翼を持ったサイボーグにしてあげよう……。」

清水博士は、密かに考えを進めていった。

その時、突然来客を知らせるブザーが鳴り、室内電話から秘書の声が聞こえて来た。

「……清水博士、清水博士、お客様です。ダイダオサム氏が、お見えですよ。」

そこで清水博士は、一旦作業を中断すると、客を迎えるため、エレベーターで上の階へと向かった。

ダイダオサム氏は、清水博士より二十歳くらい年は上であるから、もうとっくに百歳を越えている。最近、最先端技術を使った「体細胞転換手術〈注10〉」を受け、身体の細胞を全て新しくしたと聞いているから、多分その若返った自分の肉体を自慢しにでも来たのであろう。「体細胞転換手術」とは、以前から「ｉＰＳ細胞（人工多能性幹細胞）〈注11〉」と呼ばれている特殊な細胞を利用するもので、本人の皮膚の細胞から人工的に作り出され、高い増殖性と同時にその人のあらゆる組織や臓器の細胞になることが出来るため、これによって全身の細胞を転換することで、肉体の若返りも可能になると考えられた。既に百年くらい前から心臓の筋肉や神経細胞、角膜などについては、細胞の転換が可能となっており、夢の技術として各方面から期待されていた。

清水博士とダイダオサム氏は、もう五十年以上も前から、つまり清水博士がまだ二十代でダイダオサム氏が四十代くらいの頃から、ボディビルなどを通じて親しいつきあいをしている。そもそも出会った切っかけは、ダイダオサム氏の方が、清水博士の「サイバネティックス」の技術を、自分の活動に利用したいという理由から、ロボット研究所を訪ねて来たことに始まる。ダイダオサム氏は、元々若い頃は、レスリングの選手であったとされているが、その後はずっと人権保護の活動に参加し、当時から「レッド・クロウ（Red crow）〈注12〉」という人権保護団体を統轄管理運営していた。特に最近の十年くらいは、新しく開発された大型の赤い飛行ロボットや赤いワゴン車に乗り込み、国内や国境に近い孤島や山間地、海浜地帯をめぐって、積極的に孤立者や遭難者の救出を行っていた。

エレベーターから降りて、最初に一目ダイダオサム氏を見た瞬間、清水博士は、確かにダイダオサム氏が以前よりかなり若くなっているように感じた。もう百十歳くらいにはなるはずだが、今見た感じは全く六十代くらいにしか見えない。

「……お久しぶりです。ダイダオサム先生、やはり少しはお若くなりましたね。その後は、お元気でいらっしゃいましたか？」

清水博士が、丁寧な言葉で話しかけると、

「……いやあぁ……いやあぁ、清水君、清水君、忙しいところをすまなかったな……。また、あいかわず君は、若い少年たちを捕まえては、サイボーグに改造しようと企んでいるんだろうねえ。この変態めが。まぁ……私も、その計画を全て否定する考えではないがねえ……。しかし……今回は、まさに若くて元気のいい一人の野球選手まで、丸ごとロボットの中に組み込もうとしていると言うじゃないのか？　それは、本気なのかね……。実は、今日はそのことで急いで来たんだよ……。」

「……彼とは、もう十分二人だけで話し合った上、必要な対応は全てしていきますから、大丈夫です。どうかご安心下さい……。もちろん、本人は全く意欲的で、役所や関連会社などにもしっかり届け出を出すと言っていますので……。」

清水博士は、ダイダオサム氏の顔を見つめながら、落ち着いて言った。

「……もちろん……本人の意志や役所関係の子会社への届け出などは、絶対に必要な条件に決まっているじゃないか？　しかし……それだけで、そんな若い元気な少年の肉体をいじりまわしたり、ロボットのように扱うことが、いつも許されると思ってもらってはこまるねぇ……。」

ダイダオサム氏は、清水博士のすぐ側に来て、にじり寄るようにして言った。

「……他に、何か問題があるとでも言うのですか？　タカシは、確かに若いけれど……年のわりには、実に気持ちのしっかりした立派な男なんですよ。美しい肉体に、清らかな心を持った青年ですからね……。」

清水博士がいつものように平然として言うと、

「……ああ、ああ、ダメだ、ダメだよ……。とにかく、ちょっと見せてもらいたい……。」

ダイダオサム氏は、とても耐えられないというように顔をしかめると、先に立ってエレベーターに乗り込み、清水博士といっしょに地下の実験室へと向かったのだった。

「……少年のロボット化については、毎週のように、国際機関などからクレームが来ている……。中には、清水博士、あなた自身だけを名差ししたものもあるんですよ……。少年の性の研究……ああ、何ていやらしい研究なんだろう……。それが、あなたのライフワークなんですかね？　清水博士。……やはり、サイバネティックの研究をすすめるには、何らかの歯止めは、絶対に必要ですよ。生命倫理やヒューマニズム（人道主義）の考え方は、何欠かすことが出来ないんだよ……。」

地下の実験室では、今、全裸体にされたタカシの肉体が、中央付近の寝台の上に仰向けに横たえられ、身体中に筋電図を取るための電極が取り付けられ、それが室内にある巨大なコンピューターに接続されている。コンピューターのディスプレイ上では、一秒ごとに画面が変化していき、膨大なデータが取り込まれ解析にかけられていた。

「……こっ、これは……何だね…一体何をしている所かね。」

ダイダオサム氏は赤面しながら尋ねた。

「……タカシ君の身体から、いろいろな情報、身体のデータを取り出しているところですよ……。」

清水博士は、憮然として答えた。

「……何故、この子を全裸体する必要があったんだ……。性器に関わる情報まで取っているのかい……。」

ダイダオサム氏は、さらに少し目を落とし赤面しながら早口に言った。

「……はい。我々の考えるサイバネティックスにとっては、性器はその中核となるようなとても重要な情報源なんですよ。サイバネティックスとは、他のスポーツトレーニングやボディビルなどとは明らかに違います。形だけの肉体の美しさやあくまで結果としての運動能力の高さを求めているのではない……。もっと脳や神経、筋肉も含めた身体全体の完全なコントロールが必要なんですから……。」

「……しかし、だからといって……まだ少年なのにこんなことをするなんて……。単なる悪趣味としか思えんよ……。だいたい、この少年は、今いくつなんだね……。」

「……今は、十八歳です、しかし来月にはもう十九歳、になるし、来年には必ず二十歳にもなる……。年齢など、あまり関係はありません。本人のやる気が大切なのです。タカシは、確かにまだ高校を出たばかりで若いけれど、他のもう少し年齢が上の大人と全く同じ扱いですよ……。本人も、それでいいと完全に同意しているのだから、他人がとやかく言う話じゃない。」

「……本人が同意をすれば、何をしてもいいという訳にはいかないよ……。人間として、してよいことには、自ら限度があるはずだよ……。」

「サイバネティックスにとっては、全身の筋肉から得られる情報と肺や心臓を中心とする血液循環系、そして脳と神経、性器に関わる神経伝達系からの情報が重要になります。この三つの情報のコンビネーションで、その人の身体に一番合ったサイボーグが設計されるのですから。いやなら、サイボーグにはなれません。こうした情報は、全てサイボーグの内部に組み込むマイクロコンピューターのハードウェアーを設計するために使うものです。サイボーグが完成した後は、当然消去されます。というか、サイボーグを組み立てるために使用することで自然に消滅するのです。このように我々は、あくまでも完璧なサイボーグを設計し組み立てるためだけに、タカシ君の身体から情報を取り出しているのであって、あなたのように、変なことをいつも考えていて、一人で来てそれを見たがるような人間の方が、よほど変態ではないですか？　さぁ……もう、そろそろお分かり頂いたんだから、お引き取り下さい。それこそ、仕事の邪魔ですから……。」

　清水博士は、穏やかだが、はっきりとした態度でダイダオサムを部屋の外へ追い出すと、再び実験室の中に戻り、実験を開始した。そして、それから約一週間程して、サイボーグの設計図は完成したのであった。

五、

西暦二二一〇年代後半、日本は数度の巨大地震に見舞われ、太平洋地域を中心とする国土の約四分の一に大変な被害を受けていた。これまで市街地とされていた領域は、国や自治体が安い土地の値段で買い取り、災害対策のための拠点が作られ、地上十階以上のビルが次々と建設されている。

この時代、日本政府は次に来る巨大地震に備えるためにも、イギリスに本部のある「国際救助隊サンダーバード（Thunder bird）〈注13〉」などに毎年救援の要請をしていた。

日本国内においても、ギリシヤと共同開発した災害救助用ロボット「ポセイドン（Poseidon）〈注14〉、全身二〇～五〇メートルの水陸両用ロボット」この時代地球上にポセイドンは三体ある、とされている。アメリカと共同開発した災害救助用航空機型ロボット「白馬（ホワイトホース）」一機、国内産の災害救助用航空機型ロボット「イエローホース（Yellow house）」（これは、日本の企業が開発したもので、全長約百メートル、一度に五百人から千人の航空輸送が可能である）三機の他、民間が所有するもので「キングギドラ〈注15〉」一体、「モスラ〈注15〉」（これは巨大な蛾の形をした飛行ロボットで、胴体部分に約三百人収用できる。日本のメーカーが開発した）三機などが既に活動を始めて

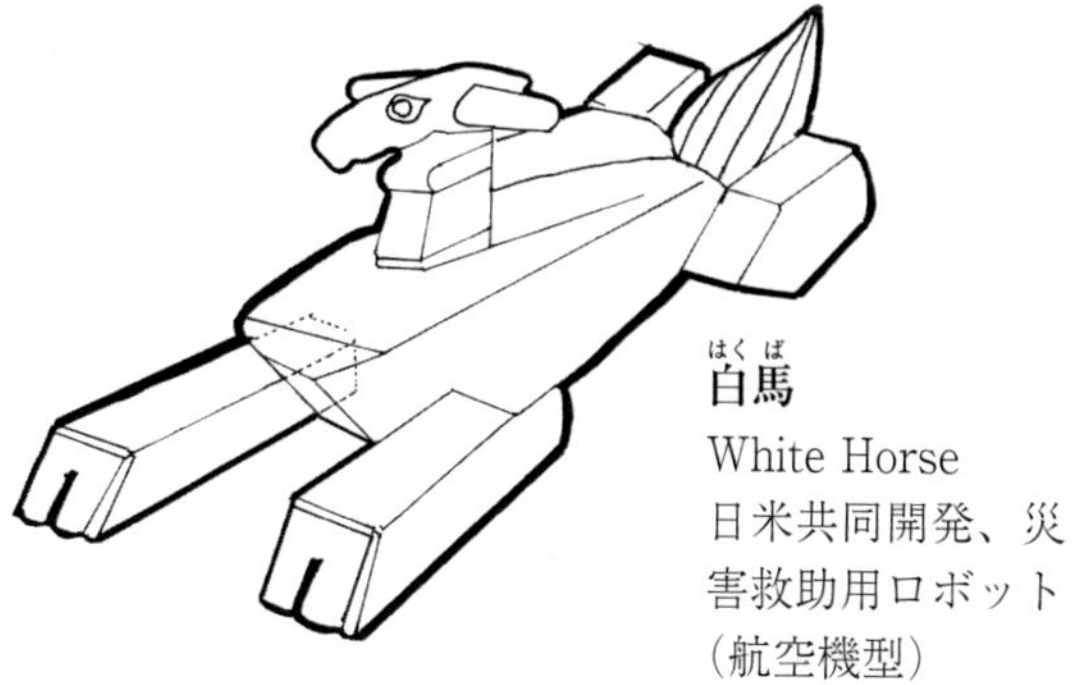

白馬（はくば）

White Horse

日米共同開発、災害救助用ロボット（航空機型）

いる。

特に二十二世紀の終わりになってから、必ず発生すると言われてきた国内最大クラスの地震（二度めの南海トラフ巨大地震〈注16〉）に際しては、地震発生後およそ二時間のうちに、約七百万人の避難が可能であると想定していた。

こうした時代状況の中、震災による被害と地球温暖化による環境の悪化に対応するため、日本政府は、国民の生命の安全と経済の安定を確実なものにするための「政府系住宅管理会社」を設立し、国民一人一人の衣食住の管理を次第に強化するようになっていった。特に二〇九五年以降は、既に東京都内に存在していた国土交通省関連の「リクロード（recroad）〈注17〉」や厚生労働省関連の「リクロール（recrole）〈注18〉」の二つに加えて、新たに広く全国民のための住宅管理会社として「イエローキャビン（Yellow Cabin）〈注19〉」が設立され、日本政府からも完全に独立し経営が行われるようになっていく。これによって、国民の衣食住を中心とする生活全般における安全、子供や若い人に対する初等、中等教育および職業訓練、災害時の救援活動、国土の保全管理などが、大部分、民間企業により行われるようになり、政府の役割は、唯この民間企業の資金のごく一部を国庫から支出するのみとなった。このような政府系の住宅管理会社は、主に東京のW大や関西のK大、D大、R大などの有名私立大学の出身者を中心とする株主により経営されており、特に彼らの一部は海外でも活動し通称「イエローモンキーズ（Yellow Monkeis）〈注20〉」などと呼ばれている。彼らは、巧みな語学力と豊富な海外での人脈、国際的な金融に関わる精緻なネットワークなどを利用しながらグローバルな市場経済の動きを完全にコントロールする程の力を持っていた。この「イエローモンキーズ」での世界経済に与える影響力は、およそ五十年間見方によっては百年近くは続いたが、その後二一八〇年代後半頃からは、国籍不明の宗教団体によって、次第にネットワークシステムが侵入を受けるようになり、二一九〇年末頃には事実上機能不全に陥ってしまう。特に二十三世紀になってからは、「国際反動組織デッド・クロ（Dead-cro,正式な名称は、Dead-cro-Magnon）」により、世界中に送り込まれて来る「カエル人間」の数が急速に増加していき、「カエル人間」たちが、日本国内で使用する特殊な暗号の解読が出来ないために「イエローモンキー」の世界経済における影響力は、完全に失われていくことになってしまった。いやそれどころか「カエル人間」は、日本国内にもその拠点を作り、日本国内でも「カエル人間」の製造を開始したため、国内における経済の安定や治安の維持さえもが、危機に瀕するような事態となっていたのだ。

この時代の日本では、「カエル人間」たちの正体はおろか、その日本国内における製造拠点の実体さえもまだ全く掴めていない。恐らく国内の山間地域の地下や町はずれにある古い工場の跡地などに特殊なプラント施設が建設されており、そこで海外から国内に持ち込まれて来る「卵」から「カエル人間」の「孵化」と「養殖」が進められているものと考えられた。その拠点の規模や状況から判断しても、「カエル人間」の製造にそれ程大きな施設は必要としないというのが、専門家たちの間の共通の認識であり、中にはマンションの一室があれば、一ヶ月くらいで二十人から三十人くらいの完璧な「カエル人間」の製造が可能であると見る研究者さえあったのだ。

噂（うわさ）によれば、「カエル人間」の「卵」というのは、まさに巨大なカエルの卵とそっくりな形をした脂肪膜におおわれた物体であり、国内に持ち込まれる際には、真空に近い状態にされて、ビニールにパッキングされて来るとみられていた。つい最近も横浜や長崎などの港から、このような不可解な「卵」が、大量に国内に持ち込まれるのを警察が摘発している。

実際、西山ヒデキ自身も、貿易会社の警備の仕事に携わる中で、何度かこのような「卵」の実物や写真を目にしていた。それは、全く大きなカエルの卵と言っていいような代物で、巨大な金時豆くらいの黒っぽい卵が無数に半透明な膜に入り、数珠つなぎになって淀んだ水の底に沈んでいるのであった。ヒデキは、その卵の実物を見た瞬間は、思わずゾッとして吐き気をもよおし顔を背けたくなる程であった。それ程まで、その「カエル人間」の「卵」と言われる代物は、人間を不快にさせる形状を備えていた。色といい形といい大きさといい、それは極めて不気味なグロテスクな姿をしていた。色は黒いような緑色のようなあるいはよく見ると人肌の色のようで艶があり、斑（まだら）模様の動脈と静脈を思わせるような真っ赤な血管と緑色の血管が、表面に無数に網の目のように浮き上がって見える。全くこの世の物とも思えぬような妖気漂う形状をしているのだった。

ヒデキは、その「卵」を貿易会社の先輩の一人から急に見せられた時、思わず大声をあげて逃げ出してしまった。会社ではずっと一番年下だったヒデキは、いつも他の先輩たちから面倒を見てもらいよく可愛がられた半面、時々は悲鳴をあげる程酷いこともされていた。実は入社して一年くらいの間、ヒデキは「カエル人間」ではないかと社内に噂が流れていたのだ。それは時々「ロボット研究所」に通っていた所為もあるがヒデキが入社した頃から、急に「カエル人間」の存在が世間で知られるようになり、「カエル人間」と本物の人間を区別するための「ハウーツー（how-to）本〈注21〉」も売られていた。「カエル人間」には、親子兄弟など区別がないとか、「カエル人間」には、性別がないとか、「カエル人間」には、ヘソがないとか、「カエル人間」には、歯が一本もないとか、いろいろな噂が流れていた。特にヒデキの入った貿易会社は、老舗らしく下着はずっと「赤い褌」かブリーフと決めているような古風な社員も多く、ヒデキがいつもうすみどり色の下着を身に付けていたため、ますます疑いを持たれたのだった。

「…こっこいつはひょっとして、カエル人間かもしれないぞ。」先輩たちは、会議室でヒデキの服を脱がし、ヘソや性器を調べようとした。

「…俺は、カエル人間なんかじゃないよ……。」

ヒデキは、目に涙を浮かべて訴えたが、なかなか信じてもらえない日々が続いた。ただアド先輩というヒデキより三つ年上の女性の先輩だけは、そんなヒデキを時々陰で慰めてくれたが、他の男性の先輩は、全員ヒデキをまずペットかマスコットのように扱うばかりだったのだ。特にマダ先輩とミライ先輩の二人は、どうしても我慢出来ないようで、ヒデキを会議室などに連れ込んでは酷いことばかりを繰り返した。

「……俺には、きちんと、ヘソもあるし、絶対カエル人間なんかじゃ、ありません……。」

ヒデキがヘソを見せて涙ながらに訴えると、ようやく信じてもらえたのである。

今では、いっしょに社内のバスケットボールチームで試合をする程になっている。

しかし、ヒデキはその結果、この世の誰よりも人一倍「カエル人間」の存在を憎むようになってしまった。ヒデキが、「カエル人間」と闘って倒すために、自分自身がサイボーグになるしかないと考えるようになったのはこのためでもあったのだ。

ヒデキは、サイボーグになって「カエル人間」を退治して、自分を信じてくれなかった先輩たちを見返してやりたいと思うようになった。そのための資金を稼ぎ出すため、ヒデキは貿易会社の夜間の勤務も積極的に引き受けることにした。夜間の時給は、日中の勤務より高めに設定されているため、毎月百二十万円ずつの収入となったのだ。これに日中の基本給から生活費を差し引いた五千万円を足せば、三年分で九三二〇万円で約一億円に近い資金を作ることが出来た。

ヒデキは、こうして貯めた資金を全てカバンに詰めると、ある日清水博士のロボット研究所を訪れたのだった。

六、

タカシをサイボーグにするための作業は、着実に成果をあげ、水面下において目を見張るスピードで進められていった。しかし「カエル人間」による日本国内への侵略は、それをさらに上回るスピードで拡大していくようであった。

まず「カエル人間」たちは、東京や大阪など大都市の空いている貸ビルの部屋をどんどん買い取っていき、そこに「カエル人間」の卵を孵化させるための施設を建設していった。それは表向きは、ペットショップやヘルスクラブの事務所のような形をとっていたが月に何度かダンボール箱に入った大量の「卵」や薬品が持ち込まれる以外は、客や店員などの出入りも全くなかった。

タカシは、清水博士の所に自分のサイボーグ化を一日でも早く実現してほしいと毎日のようにお願いの電話をしていたが、清水博士は、後少しという段階で作業を中断する判断をしていた。そしてとうとうそれから一週間が過ぎ、まもなく十日になろうとしていた。

清水博士が心配しているのは、サイボーグ化がタカシの肉体に与えるダメージの大きさであった。データによれば、サイボーグとなって一時間も活動を続けると、タカシの血圧が次第に高い状態となり、そのまま活動をやめても約数時間は下がらない可能性があった。

しかも身体が締めつけられているために、動きによっては十分な呼吸を得ることが出来ない状態があり、大変危険であった。

「……このままでは、活動の途中で過呼吸に陥って、酸欠により意識を失うかもしれない。サイボーグの設計をもう一度全て見直す必要があるのではないか？　……。もう一、二週間は製作に時間がかかるだろう……。」

清水博士が、タカシに状況を説明すると、タカシはとても残念そうに肩を落とした。

「……最近はもう、毎日のように東京や大阪などにカエル人間が出現していると、ウェブニュースでも伝えています……。何のためにサイボーグという物があるんですか。少し不完全でもいいから、とりあえずサイボーグとなって、カエル人間の侵出をくい止めた方がいいですよ。俺が、それをやりますから……。」

タカシが興奮して言うと、清水博士はタカシを宥めるように優しく語りかけた。

「……君の気持ちはよく分かるが、サイボーグになるということは、君が考えている以上に危険なことかもしれないんだよ……。現代ある技術をもってしても、まだ百パーセントの安全性は約束出来ない……。なにしろ古い着包みを身に付けた状態で、一日中オートバイに乗り山の中を走り回るような乱暴な行為だ。十分な安全が確認出来るまでは、実際の使用はむずかしいだろう……。私は……君の身体の方がとても心配なのだよ……タカシ君……わかってくれ。」

清水博士にそう言われると、タカシも諦めて待つしかなかったのだ。

しかしそうしている間にも、タカシたちの住む町の近くでも、しばしば「カエル人間」たちの活動する様子が目撃されるようになってきた。タカシは、サイボーグになる決断をしてから、時々貿易会社の近くでヒデキと会って情報の交換をしていた。ヒデキによればついに「カエル人間」たちは、ヒデキの勤める貿易会社をターゲットにして活動を開始したというのである。

ヒデキは、既にタカシの方が先にサイボーグになることを知っており、以前から年下のタカシのいろいろな相談にも乗ってくれていた。

「……俺の分も、しっかりがんばってくれよタカシ……。俺もそのうちに、きっとサイボーグになるんだから。そうしたら、二人でがんばろうな……。」

タカシはいつも心をときめかせながら、ヒデキの顔を見つめていた。「……自分と同じサイボーグになろうとしている人が、ここにいる……。」

「いっしょに、がんばろう……。」

二人はいつも熱い握手を交わしてから別れるのであった。

さて、それから一ヶ月が過ぎて、タカシは清水博士からの電話により、いよいよ新しいサイボーグの完成が間近に迫っていることを伝えられた。

「……今回のサイボーグの設計図では、ボディがかなり軽量化された上に、さらに出力もやや大きくなるように設計し直した……。その分やや動きの中で、筋力やバランス感覚が求められるが、タカシ君なら、きっとすぐに使いこなせるようになるはずだ。」

そこで早速地下の実験室において、タカシの身体にサイボーグの装着が行われた。装着には慣れてくれれば、五分から十分くらいの時間しかかからないが、作業は特別なコンピュータープログラムによる管理が必要であった。

そして十分後、清水博士は、ついに実験室の中で、一体のすばらしいサイボーグ「RX－1」の完成を見たのであった。

「……ついに完成したぞ……。国内で恐らく最も最初に完成された有人型サイボーグのRX－1だ……。最大出力は約一万馬力（七千三百五十キロ）。カエル人間にだけダメージを与える特殊な超音波やレーザービームを発射する装置も備えている……。また背中にある小型のジェットエンジンと全長約二メートル近くになる翼を拡げると、空中を自由に飛ぶことも出来る……。このボディも翼も強化プラスチックから作られており、約千度に近い高温にも耐えられる。また、約五十メートルの高さから落下しても中の人間にもボディにも殆どダメージは加わらない。」

清水博士が、「RX－1」となったタカシに対し「RX－1」の性能を説明していると、その時、「RX－1」の左腕の携帯用テレビ電話の呼び出し音が鳴った。ヒデキからだった。

「……タカシ……聞こえるかい？　とうとう昨夜、カエル人間たちが、うちの貿易会社の株の七割以上を買い取って、会社を乗っ取ってしまったらしい……。今朝から、カエル人間らしいおかしな人間たちが、大勢で会社のビルに侵入して来て、どんどん倉庫から商品などを運び出し、トラックに積み込んでいる……。どこかへ持ち去るつもりらしい。会社の他の同僚たちも、みんな連れ去られていった……あぁ……タカシ……早く来て……あぁ……。」

電話は、突然激しい物音がした直後に急に途切れた。ヒデキの身にも何かがあったらしかった。

「……今朝、ヒデキの貿易会社に、大勢のカエル人間が侵入したと言っています……。」

タカシが清水博士に伝えると、清水博士の顔色が一瞬のうちに青白く変わった。

「……ヒデキのいる貿易会社といったら……国内の輸入商品の五割近くを取り扱っているはずだ……。S産業やロボット研究所にも、当然影響が出る……。タカシ君は、RX－1で、すぐに現場へ向かってくれ……。カエル人間たちの秘密本部を見つけ出すんだ。私は、その間に警察に連絡をし、後から貿易会社へ向かうから……。」

そこでタカシは、完成したばかりのRX－1となって、翼を使って上空からヒデキの待つ貿易会社へと向かったのであった。

RX－1となった東村タカシは、上空二百メートルのところを時速四十キロのスピードで飛行しながら、ひどく不思議な気持ちになっていた。いつも見慣れているはずの町並みが、上空から眺めると、家やビルなどの建物も形や大きさなどがはっきりと分かり、よく見える。ずっと大きな高層ビルだと思っていた所が、意外に小さな建物だったり、小さく狭い茂みのように思っていた場所に、大きな森や丘が隠れていたりするのだ。RX－1は、風に吹き飛ばされないように、上手にバランスを取りながら、なおも飛行を続けた。タカシは、子供の頃から野球をしていてスポーツが万能の上に、さらに鉄棒や釣り輪なども使ってバランスを取る練習をいつもしていたので、こんな場面でも全く平気なのであった。

ＲＸ－１は、まもなく三十分もしないうちに、港の近くにある西山ヒデキが勤めている貿易会社の上空に辿り着いた。上空から眺めると、港には既に不審な黒い船が横付けしていて、そこからさらに真っ黒なトラックが何台も出入りしている。そこでＲＸ－１となったタカシは、とりあえず貿易会社の広い倉庫の屋根の上に降りて、下の動きをしばらく窺（うかが）ってみることにしたのだった。しかしＲＸ－１は、真っ白なボディに赤や青のラインが入ったかなり目立つ姿をしていたので、念のため屋根に降りる際には、灰色の霧のような煙幕を焚いた。それからＲＸ－１は、低く身を屈めて、屋根の上を這うようにしながら、貿易会社の事務所が入ったビルや倉庫の中の動きにじっと神経を傾けた。

事務所のあるビルの明かりは、全て灯っていた。しかし中で社員が働いている様子は、あまり見えなかった。明らかに何かが起こったようであり、本来事務所にいるはずの社員の姿が一人もいなかった。

「……ヒデキは、どうしているんだろう……。さっき電話の途中で変な物音がして切れたが、きっと何かあったにちがいない……。」

するとその時再びトラックがビルの前に横付けされて、「カエル人間」たちが複数、ビルの中へ入っていく様子がはっきりと見えた。その数およそ二十名、思っていたよりは、多かった。

ＲＸ－１は、隙を見つけてビルの中へ侵入するために、すばやくビルの屋上へ飛び移った。そして屋上の上で周囲の様子を探っていくと、階下へ降りていくために、ビルの内部に続く非常階段の出入り口が見つかった。ドアには鍵がかかっていなかったので、ＲＸ－１は、ドアを静かに開けて、暗がりの中を音を出さないように階段を降りて行ったのだった。ビルの中には、一番下の一階の部分にビル管理のためのオフィスがあり、貿易会社のオフィスは、二階から十階まで全ての階に及んでいた。しかし屋上から十階へと続く階段の踊り場にも、既に「カエル人間」たちが数人立って見張りをしているようであった。

ＲＸ－１は、咄嗟に灰色の霧のような煙幕を張り、身を隠した。続いて「カエル人間」にだけダメージを与えるために開発された特殊な超音波を発進する装置のスイッチを入れた。「カエル人間」の身体の細胞は、通常のレベルの衝撃に関しては、むしろ普通の人間よりも強いタイプが使われていたが、一定の周波数以上の音波を増幅して長時間与え続けると、活性が失われ小さくなり元のカエルに戻ることが知られていた。この性質を利用して、「カエル人間」にだけ効果のある武器が開発されたのである。

案の定、しばらく装置のスイッチを入れたままにしておいて、下の階段の踊り場を覗いてみると、「カエル人間」たちは、床の上に倒れて踠き続けていた。ＲＸ－１が、さらに「カエル人間」の細胞を元に戻す特殊な酵素を含んだ液体を浴せかけると、「カエル人間」たちの身体は溶け出し、やがて元の蛙の姿に戻ってしまったのだ。

しかし残された他の「カエル人間」たちが、それに気がついて、次から次へとビルの外へと飛び出していった。そしてビルの外に留めてあったトラックの荷台に乗り込むと、港の方へと逃げていった。そこでＲＸ－１も、彼らを追ってビルの外へ出て、空を飛んでトラックの後を追いかけていった。

ところがもう少しで、ＲＸ－１が港に停泊している船の上にさしかかろうとした時、突然船の上から発射された電磁波により、ＲＸ－１は吹き飛ばされてしまったのだ。ＲＸ－１は、バランスを失って飛行出来なくなり、そのまま墜落してしまった。この電磁波は、船の内部のどこかに設置されているらしい装置から発射されたらしく、高射砲並みのものすごい威力を持った赤外線ビームであった。

ＲＸ－１の身体は、強化プラスチックから作られているので、この程度の攻撃を受けても、決して破壊されるようなことはなかったが、その衝撃により跳ね飛ばされてしまい、中のタカシも気を失って、墜落してしまったのである。

船はＲＸ－１を打ち落とすと、港の岸壁をゆっくりと離れていき、海の上を逃げて行った。ＲＸ－１は、港のコンクリートの上にあお向けに横たわったまま、しばらくは全く動くことが出来なかった。

やがてビルの中から、ヒデキが一人で飛び出して来た。そして倒れているＲＸ－１の元へ駆け寄って行った。ヒデキは、すぐにこのＲＸ－１が、タカシが中に入ったサイボーグであることに気がづき、側でタカシの名前を呼び続けた。

「……タカシ、タカシ、聞こえるかい？　カエル人間たちが、仲間の先輩社員を何人か連れ去っていった……。ミライ先輩とマダ先輩の二人だ……。やつらは、一体何を企んでいるんだろう……。」

しかし、ヒデキの悲痛な叫び声は、今ＲＸ－１の中で気を失っているタカシには、全く聞こえるはずもなかった。ＲＸ－１は、ただ真っ白く光り輝くように美しい身体を静かに横たえたまま全く動かなかった。

やがて清水博士が、警察の車両数台といっしょにやって来て、ようやく大型のクレーンを使って、ＲＸ－１をトラックの荷台に載せて運び去ることが出来たのだった。

「……清水博士、清水博士、今後はあまり勝手な活動をしてもらってはこまります。あなたの仕事は、あくまでサイボーグを作るところまでであって、それを使ってカエル人間を取り締まるのは、我々警察の仕事ですから、ね……。」

警察の現場責任者に言われて、清水博士は少し残念そうに下を向いていた。

七、

遠洋漁業の漁師をしている北川カズキは、長年船の中で勤めながら、日本中の港をまわり、毎月のように複数の女性の家を渡り歩き暮らして来た。カズキはまだ二十五だったがもう十年近く船の中で働いている。週末は、いつも大抵T島という一番南の島にいて、桃子という女性が住む西側の岸壁の斜面の上に出来た洞窟の奥で時間を過ごしていた。

桃子は、カズキがつきあっている女性の中では、一際美しくてふくよかな人であった。

桃子の家は、洞窟の奥の堅い岩盤の上に、太い直径三十センチ以上はあるような丸太を何本も横に並べて固定した上に厚くて硬い鉄の板を敷き、屋根と壁には何枚も何枚も椰子の枝と葉を重ねていた。

「……そういえば……、最近は港でも、ずいぶんカエル人間に会うことが多いな……。」

カズキは、桃子の家の奥の菅ござの上に寝転がりながら言った。いつものように白い毛の下着一枚の裸体であり、胸元には青いサファイアがある。

「へえぇ……誰よそれ、私知らない……。他のお客様とのことは、一切口に出来ない決まりになっているからね……。」

桃子は、いつのように少し離れた場所に座っていて竈の火を気遣いながら、やや顔を俯けて艶のある小さな声で答えた。

部屋の中には明かりが殆どなく、ただ黄色い屋外灯が一つだけ家の外にあって、窓からその光がぼんやりと射し込んでいる。

「えっ、カエル人間たちが、お客様だなんて……俺は、今まで……聞いたことがないぞ。」

カズキは、口を尖らし少し小言を漏らすように横を向いて叫んだ。

「あらぁ……あなたも、もちろん……いいお客様だけれど……。他のどんな方々だって、もちろん同じお客様なのよ……わかってほしいわ……。」

桃子は、暗がりの中で顔を上げ、カズキの顔を見返しながら言った。その時カズキの顔は、心なしか青ざめているように見えた。明らかに酷く動揺しているようであった。しかし、やがて口を開いた。

「じゃあ……この家の中にも、カエル人間たちは、よく入って来るのかい？」

その声は明らかに震えていた。

「ええ、もちろんよ、お客様だから……。つい先週も来ていたわ……。でも……これ以上は、他のお客様のことだから……口には出来ないわ……ごめんなさいね……。」

本当は、カズキあなたの方が、いつも私の週末を全て独占していて台なしにしているのよ、桃子はよほどカズキにそう言ってやりたかったが、もちろん客に対しそういう個人的意見をはっきり口にすることも、今の桃子には許されてはいなかった。

カズキは、いつも日曜日の夕方になると、桃子の家を出て別の「時子」の家へ行く。週の最初の一日だけそこで過ごし、火曜日の朝にはまた別の「夢子」の所へ行く。そして最後には、あの憎らしい「星子」の所へも行く。「星子こそ、カエル人間いえダミー人間、宇宙人に決まっているわ……。」星子は、地球上の「宇宙エネルギー資源」の開発を全て握っている大企業の社長令嬢であった。桃子は、時々カズキにそうはっきり言ってやりたい気持ちになったが、それも残念ながら口にすることは禁じられていた。桃子の目から見れば、星子どころか時子も夢子も全くカエル人間か宇宙人に他ならないのだ。

桃子は、カズキが時子や夢子の家でも同じように裸になり、時子や夢子の身体をまるで粘土細工か何かのように、真剣な表情をしていじりまわしている姿を想像しただけで、もう気味が悪く不潔でたまらなく思ったが、本人たちは恐らく至って大真面目なのだろう。自分たちを美しい姫君か何かのように頭から信じ込んでいるのだ。

桃子は、いつも一時間でも長くカズキに自分の家でゆっくりしてほしいと願っていたが、いつも必ず自分の方が先にうとうとと眠りかけてしまい、夢の中で柔らかな猫のような静かな足音をふと耳にしていたかと思うと、もう目を覚ますと、カズキは部屋の中にはいなかった。ニャーニャーと家の外の洞窟の暗がりの中で、猫が数匹鳴いている声が聞こえているばかりだった。

カズキは、いつも日曜日の深夜十一時になると、桃子の家があるT島の洞窟を抜け出して「時子」の元へと向かう。いつもは自分の船に乗って島を出るカズキだったが、今回は船を係留したままにして、飛行便を使った。

その夜、深夜二時過ぎに、カズキの姿は東部地域の上野市〈注22〉（旧・東京都台東区上野）で時子が経営しているガラス張りの「ショールーム（show room:陳列室）」の中にあった。T島から約一時間半「深夜便」で飛ぶと上野に到着した。時子は、そこで自分が作った「光電子時計（photoelectric clock）〈注23〉」や「宇宙鉱石〈注24〉」からなるアクセサリーなどを展示販売していた。

「……いつも、必ず約束した時間までに来てくれるのは、とても嬉しいけど……カズキ。

本当は、もっと早く、お店が終わる前までに来てほしいのよ……。」

時子は、店の入り口で、カズキの側に駆け寄って両手を握り締めながら言った。

「……それは……君と俺に与えられた時間が、月曜日の午前中から火曜日の夜までのはずだから……出来ないことだろう……。」

カズキが真面目に答えると、「ええ……、そんなことは、もちろん、よく分かっているわ。」

時子は、ガラスのように潤んだ瞳でカズキの顔を見上げながら言った。

「だからこそ……一時間でも早く、いっしょにいたいと願うものよ……。」

「……最近は、カエル人間が、お店に来ることはないのかい……。」

カズキは恐る恐る尋ねた。

「……ええ、ないわ……。以前は、よく週末になると、時計や宝石を求めて、私の店にも、カエル人間は来ていたけれど……。他にもっといいお店を見つけたのね……。さっぱり来なくなったわ……最近は……。」

「……それで……安心したよ……。」

カズキは、時子と連れ立って、上下二段のガラスケースに入った時計や宝石類が並んだ店の中を通り抜けて部屋の奥へと向かった。

「時子」の家は、全体が機械のように精密に作られていて、いつもカズキの微妙な心の変化を読み取って、いろいろなサービスを提供してくれる。少し寒くなれば、自然に空調設備が室温を上げるし、また少し気持ちが落ち込むと、自然に明るい音楽が室内に流れ出し、明るく柔らかい光が、天井から差し込んで来る。この日は、何故か部屋の中に昔の古い「ポップス音楽（pop music）」が、小波のように聞こえていて、何処からかキンモクセイのいい匂いがしていた。

「……こんな古い昔の音楽が、よくしっかり綺麗に残っていたね……。」カズキが驚いて言うと、「私の店には、何だってあるわ……。百年前の物でも、三百年前の物でも……。何だって殆ど等価なのよ……。全てを完全に外注の『システム・エンジニアリング（systems engineering）〈注25〉』でしているからなの……。」カズキは、以前店の建物のうち四分の三は、イエローキャビンによる管理部分であると、時子から聞かされていた。

カズキは、いつものように服を着たままで、マシュマロのように柔らかい寝台の上に腹這いになった。

「……ところで……最近は、魚は沢山捕れているの？」時子がふと思いついたように尋ねると、「いや、全く駄目だな……。最近は、日本近海の魚の生態がすっかり変わってしまったらしいな……。食べられそうな魚は全くいなくなったよ……。」そう言って、カズキは太い腕で時子の身体を抱いた。

こうしてカズキはいつも翌一日だけ、時子といっしょに時間を過ごした。昼間は、時子の店の簡単な時計の修理をしたり、バッテリーの交換などを手伝い、夜は時子の家の奇妙な分刻みのサービスを受けながら過ごす。時子の家のサービスのメニューには、何でも揃っており、ない物がないとさえ言っていい程であったが、どれも長くても五分とか十分くらいで終わってしまうものばかりだった。「これは、あれだ」「あれは、それだ」「それは、前にした、これだ」という具合に、どんどん自分から消化していかないと、たちまち下手な姿を露わにして終わってしまうのだった。いつもカズキは、後半の一時間くらいは、全く首振り人形のようになってしまい、気がつくと最後には、短いお礼を言う間もなく、時子の家を放り出されるようにして、後にするのだ。

カズキは、その後はすぐに高速のモーターボートに乗って、今度は北東の海で暮らす「夢子」の家へ向かうのだった。

夢子の家は、周囲を深くて暗い「悪夢の森〈注26〉」によって囲まれており、その真ん中辺りの広い土地に「現実の畑〈注27〉」と「理想の館〈注28〉」が造られていた。「悪夢の森」には、沢山の熊(くま)や狼(おおかみ)、猪(いのしし)などが放し飼いにされており、カズキはその中を入り口でレンタルしたジープ(Jeep)に乗って通り抜けなければならなかった。また「現実の畑」の中では、以前よく日本中の「畑」で普通に育てられていた野菜や果物などが育てられており、「夢子」は、その食材を使ってペンション(pension、洋風民宿)とレストランを経営していた。

カズキは、今までに会っている三人の女性の中では、夢子が一番「カエル人間」と接触することが多くて、そのため一番「カエル人間」のことを恐れていないと考えていた。ただ、夢子は以前カズキに、「カエル人間ってもしかしたら、理想の館の庭の池で生まれた生物かもしれないわ……」と密かに打ちあけていたことがあり、その点についてカズキも気がかりではあった。

「……カエル人間の正体は、やっぱりただの蛙だと思うわ……。そういえば、何年も前から少しずつ少しずつ池の蛙が人間に近づいて進化を遂げているような気がしていたの……。」

ある日、夢子は「理想の館」の中で、まるで蛙のような青白い顔をしながら、じっとカズキの顔を見つめて言った。カズキは、これまで夢子の顔をはっきりと側で見たことはなかった。またいつも夢子が暮らしている「理想の館」の内部についても、カズキはまだその全貌を見たことはなかったのだ。

「あなたは、理想がないからよ……カズキ、だから、全ては見せられないのよ……。」

ある時夢子はカズキにそんなことまで言ったのだ。そう言われれば、年中船に乗っていて海の中の魚ばかり追いかけている自分には、そもそも「理想」なんかないのかも知れないとカズキは思った。

「……俺の理想は、今にサイボーグになることなんだよ……。」

カズキは、ある時ふと思いついて夢子にそう告げた。

「……もし、あなたが、本当にサイボーグになったのなら……私はあなたが好きよ……。心から尊敬出来ます……。」

夢子は、蛙のような真っ黒い瞳で、じっとカズキの顔を見つめながら、そう言ったのだ。カズキは、いつも一ヶ月間のうちでは、夢子のところに一番長く滞在している。一ヶ月のうちで、桃子と時子のところで約十日間、夢子のところで約十五日間、そして最後に星子のところで三日間を過ごす。特に夢子の所が、居心地がいい訳ではないが、夢子の土地や建物が広いことと、夢子のところではとにかくいつもすることが山程あるのだった。カズキは、「現実の畑」の中で野菜や果物を栽培する手伝いをするばかりでなく、それを大量に安価で買い取って、船に積んで方々で売り歩くのだ。だから、実際夢子と「理想の館」の中で過ごす時間は、前半と後半で各々二日間くらいであり、残りの十日以上は「現実の畑」の中にいるか、野菜を売り歩いていることになるのであった。

時子のこともそうであるが、この夢子の正体についても、カズキは正確にはよく分からなかった。ただしこの夢子の住んでいる「理想の館」の中で、以前「モスラ」や「キングギドラ」など百五十年くらい昔の映画に登場していた怪獣の小型化した実物が製造され飼育されていたはずである。こうした怪獣の飼育は現在では、法律や条例により禁止されているが、夢子は、「現実の畑」の中で栽培している大量の野菜や果物を使って怪獣を育てていたのである。怪獣を作ったのであれば、「カエル人間」など作るのもそれ程難しいことではないのだろう。しかし怪獣を飼育するには、エサになる大量の野菜が必要であり、そんなことが出来るのは、当時でも今日でも夢子の「現実の畑」くらいしか考えられないことであった。

「理想の館」における夢子との暮らしは、カズキにとっては酷く単調で変化に乏しいものであったが、かえってそれが逆にある意味では落ち着いた豊かな暮らしであるということも出来た。カズキは、太陽が空の上にある昼の間は、外に出て「現実の畑」の中で土を耕やし、野菜に水をやり、長く伸びた草を刈った。野菜が育つ時期になると、それを収穫してトラックの荷台に積み込み、遠い市場へ行って、それを売り歩いた。その間ずっと夢子は「理想の館」の中にあって、日本中からやって来る観光客のために、いろいろな接待を続けていた。「理想の館」は、原則としては旅人のために有料で部屋を貸す一種の宿泊施設であったが、それと同時に、珍しい動物数種類を飼育する「小動物園」であり、また親や身寄りのない子供を預かる「託児所」や「保育園」のような性格も持っていた。夢子は、そんな「理想の館」にあって年中休む間もなく働いていた。

こうして一ヶ月のうちで十五日間近くを夢子の住む「現実の畑」の中で過ごしたカズキは、その後は船に乗ってさらに北の海上に浮かぶ小さな島にある「星子」の住宅へ向かう。そこには年中巨大な明るい人工星があって遠くまで暗い海を照らし出していた。またその少し離れた場所には、天体望遠鏡もあって、その下にはプラネタリウム（planetarium、星座投影機）〈注29〉があり、星子は、その中で全宇宙から届けられる情報をコンピューターで収集していた。現在、地球の大気は急速にメタンガス（methane）や二酸化炭素（carbon dioxide.CO_2）によって覆われ始めており、以前は地球上全体を薄く取り巻いていた「オゾン（ozone.O_3）層〈注30〉」にも、どんどん大きな穴（オゾンホール）が目立ち始め、その後はすっかり姿を消してしまったらしい。そのため太陽から地球上に降り注いでいる「紫外線」の量が、年々増加しており、人間の身体に対しても、視力の低下や皮膚の病気などの悪い影響を与えており、またそれが地球上の生態系に与える影響も計り知れなく大きなものであった。

ある日、星子は自宅にあるプラネタリウムの薄暗がりの中で、「地球が、今日のように暖かく保温された環境にあるのも、もうそんなに長くは続かないかもしれない」とカズキに囁いた。最近では、世界中の研究者たちが、「地球温暖化〈注31〉」の次に起こって来るのは、「地球の砂漠化や寒冷化」であると、はっきり考えるようになっているのだという。

地球の表面温度は、本来はむしろ「火星〈注32〉」などに近く、氷点下何百度という厚い氷に覆われた世界である。このような本来の環境に変化を与え、水や動植物が生存する豊かな地球を生み出して来たのは、酸素を多く含んで地球上を厚く取り巻いている大気の存在なのである。しかし大気中にメタンガスや二酸化炭素が増加していくと、これらのガスは比較的分解されにくいため、大気中にどんどん溜まっていき、地球の気温上昇を引き起こす。これが「地球温暖化」の原因とされている。しかしさらに、この「地球温暖化」の状態が長年に亘って続いていくと、高温により大量に発生した水蒸気が、長く上空に留まり、やがて水素と酸素に分解されて、水素の方は軽いためどんどん大気の外に放出されてしまう。その結果、地球は水分を失っていき保温効果を完全に失い、乾いた冷たい星となってしまうのだという。つまり「地球温暖化」の後から次第に地球を訪れるのは、地球の冷却であり、そうなるともう地球の環境は元に戻らなくなると言われている。だから「地球温暖化」のスピードが速まれば速まる程、地球が冷えて氷の星に変わっていく時期も早くなるのであった。

「……私だけが……こんな大事な情報を一人で握っていても……どうなるというの……。日本国内はもちろん、世界中のプレス（press）に発信しても、どこも真剣に採り上げてくれないの……。みんな恐くて現実に耳を塞いでいるみたいよ……。」

カズキは、真っ暗なプラネタリウムの中で、いつも青ざめて冷たくなった星子の身体をじっと抱き締めるより他することを知らなかった。そうしてカズキは、金曜日の夕方になると必ず一週間分の船の燃料となる隕石を星子から受け取って、遠い南の島で暮らす桃子の元で週末を過ごすために出発するのだった。

八、

カエル人間たちが乗り込んでいた船から発射された強力なレーザービームにより墜落したサイボーグＲＸ－１の中にいた東村タカシは、その後しばらくの間は、ダイダオサム氏の手配により用意されたある総合病院の病棟内の一室で治療を受けていた。

幸い、ＲＸ－１が墜落したことによりタカシが受けた肉体的なダメージは、それほど大きなものではなく、肩や脇腹など一部に軽い打撲傷がある他は、出血や骨折などの目立った外傷はなかった。こうしてダイダオサム氏が代表を務めている人権保護団体レッド・クロウが所有する病院の一室で、タカシはそれから一週間近くずっとベッドの上で横になって過ごしたのだった。

医師の診断によれば、タカシが身体に受けた外傷そのものは、実際のところ全く命にかかわるような重い物ではなく、長い治療を必要とする物でもなかった。しかし墜落の衝撃により、一時的に軽い「呼吸促迫症（ＡＲＤＳ）〈注33〉」（肺に目立った外傷がないのに肺の機能が低下する病気。出血や溺水が引き金となる）に陥っており、今後は見えない形で心身に現れて来るかもしれない後遺症の方に注意を必要とすると医師は説明していた。それはいわゆる「外傷後ストレス障害（ＰＴＳＤ）〈注34〉」と一般に言われているものであり、目の前には何もないのに、突然事故の状況が心の中に再現されて激しい動揺が起こったり、夢の中で事故の不安が起こり、急に目が覚めてその後しばらくの間眠れなくなったりすると考えられている。いずれにしても、周囲の刺激に対して著しく反応が鈍くなったり過敏になったりするため、当分の間はサイボーグによる活動は控えるべきであると伝えられた。

ダイダオサム氏は、タカシを「ＲＸ－１」という危険な機械に閉じ込めて活動させたとして、清水博士に対して人道上の立場から、またこれを労働災害として強く抗議をしていた。それは、この「ＲＸ－１」の活動はもちろんのこと、清水博士が中心となり進めている「改造人間ＲＸ計画」全体の見なおしを強く迫るものであったのだ。

こうしてタカシは、一日中静かな明るい病室のベッドの上で時間を過ごしていた。病室の窓の外には、公園の緑の中で池の畔に沢山の水鳥が休んでおり、池の水面に反射する日の光は、まるで真昼の明るすぎる閃光のように、病室の薄いベージュのカーテンにも美しい光の斑模様を創り出している。毎日午前中から午後にかけては、タカシの出身地である東部の東大和地区から病室を訪れる家族や友人などの姿もあったが、その多くはタカシが以前とあまり変わりなく元気にしているのを見ると、ひとまず安心して帰って行くのであった。実際タカシは、病室の中にあっても、昔野球をしていた頃の十代の少年のままであって、その表情やしゃべり方や身のこなし方なども以前とあまり変わりはなかった。

野球をしている少年の頃から、タカシはやや色白で美しい健康的な少年であった。性格は少し内向的であるが、運動神経がよく発達していて、中学に入る頃からは、体格もかなりよくなって、野球部でもずっとレギュラーを任せられていた。元々タカシは、野球というスポーツ自体は、あまり好きではないらしいが、彼には野球しかする仕事がなく、人一倍練習をしてずっと野球を続けて来たのである。

ダイダオサム氏は、そんなタカシの性格や現状をよく理解していたからこそ、サイボーグとなり活動しているタカシに対して、思いきって保護の手を差し伸べたのである。

ダイダオサム氏は、タカシが「スポーツ財団」から資金提供を受けてまで清水博士の「改造人間ＲＸ計画」に参加しようとしていた当初から、その行動を予想して注意を傾けてずっと成り行きを見守っていたのである。またタカシを入院させた後は、ダイダオサム氏自身も二日に一度くらい必ずタカシの病室に足を運び、その際は医師などの病院の関係者から十分よくタカシの病状を聞いていたのである。

「……それだけの衝撃を受けたのに、身体の方は、全く何ともないそうだね……。まあ、それだけでも、とても信じられない話だが……。」

ダイダオサム氏は、タカシの病室に入ると、薄いパジャマ一枚で寝ていたタカシを起こして上半身だけ裸にさせ、自らもタカシの身体を調べ始めた。確かにタカシの肩や脇腹には軽い打撲傷や擦り傷のような部分があり、そこに大きなカーゼを当てていた。

「……頭や心臓、肺、骨などには全く異常はないそうです。かえってダイダさんには、今回のことでこんなにご心配をおかけしてしまって……申し訳ないと思います……。」

タカシは、少年の割には筋肉が発達した大きな背中を少し丸めながら言った。

「いや、いや……そんなことは何も気にすることはないんだよ……。君は元気になることだけを考えていればいいんだから……。」

ダイダオサム氏は、慌ててタカシの側へ近づき、彼の肩にそっと手をやって慰めた。

「……医者の方からは、今後事故の後遺症として、何もなくても急に不安を感じたり、夜眠れなくなったりする場合があるとは言われています……。そういえば……なんか昨夜もおかしな夢を見ていたような気がします……。突然箱か何かに閉じ込められたような気持ちがして、目の前が真っ暗になり、音も聞こえなくなり、息ができなくなったんです……。

とにかく、突然そういう奇妙な感覚に襲われて、酷くうなされて目を覚ましたんです……。そういえば、何日か前にも同じようなことがありました……。」

タカシは力のない虚ろな目でダイダオサム氏の顔を見上げながら言った。今タカシは身体の方は、殆ど健康そのものなのに、心の方が酷い不安に捕らえられ、跪き苦しんでいるのである。

ダイダオサム氏は、思わずタカシの側に近づいて正面からタカシの身体をじっと抱き締めた。逞しい筋肉により包まれている彼の肉体は、しかし何処か以前よりは生気を失っており、いつもより体温も低くなり少し冷たいようにも感じられた。短く刈り上げられた頭髪からは、微かに機械オイルのような独特の臭いがしていた。そういえば、彼の首筋から背中にかけて、さらにまた胸元からずっと腹の方にかけても、まるで二本の太く鋭い針金をずっと押しつけたような長い傷跡が付いていた。

「……この傷跡はどうしたのだね。」

ダイダオサム氏が尋ねると、タカシは「……今回の事故で付いたものです……。そのうちに消えると言われていますが」とやや俯きながら答えるのだった。

確かに見たところでは、タカシの身体には重い怪我と言えるような骨折や裂傷のような傷はあまり見られなかった。しかし不自然な体勢で長い間狭苦しい歪な形の機械の内部に押し込められていた所為で、身体中の関節という関節に明らかに酷い歪みが生じていた。肩甲骨がやや押し下げられ、はっきりとワイヤーの赤い傷跡が背中の全体に残っていた。

また同じような傷跡が胸の側にもあり、これは明らかにサイボーグの下半身のパーツを、ちょうどサスペンダーのように両肩にワイヤーを掛けて吊り下げていたために付いたものであった。

「……いずれ、もう一度よく君の身体を調べさせてくれないか？　全く後遺症がないとは、どうしても信じられない……。」

ダイダオサム氏は、そう言うとタカシにパジャマを着せて、再びベッドの上に横にさせた。タカシはベッドの上で横になり静かに目を瞑っている。

ダイダオサム氏は、そのうちに今からもう八十年以上も昔のこと、自分がまだ少年だった時、野球をしていた時代のことをふと思い出していた。

今目の前に横たわっているタカシは、その時代によくいっしょに野球をしていた仲間のうちの誰かと少し似ていた。その少年は、ダイダオサム氏よりはいつも野球が上手だった。守備をしても、バッティングをしても、彼の柔軟で軽やかな身体は、まるで手品のように見事な演技を見せるのだった。彼の極端に短く剃り上げた美しく青い頭髪、少年らしくよく動く下半身、そして初々しい笑顔、ダイダオサム氏は、いつも試合の後の着替えの時に、ふと少年が脱ぎ捨てた汗臭いシャツの下から現れる水々しい躍動的な肉体を目の前にすると、思わず顔を赤らめながらもずっと見入っていた。

「……タカシは、実際あの時の少年と同じなんだ……。あの生き生きとして明るい野球少年と同じ少年なんだな……。」

「……タカシは、これからも、ずっとあの野球少年と同じようにもう一度明るく笑ってくれるのだろうか？　今は冷たく残酷なサイボーグにされたことで、見えない深い傷を心に負ってしまっている、タカシ……。タカシは、見ただけでは、全くあの野球少年たちと同じなのに……、その胸の奥の深い所には、得体の知れない悪夢のような不安を抱え込んでしまっているのだ……。」

ダイダオサム氏は、そうしてしばらくの間、タカシの様子をベッドの脇で眺めて見守っていた。タカシはいつのまにか眠ったのか、静かな寝息を立てて目を瞑っていた。

「……なんと、むごいことだろうか……。」ダイダオサム氏は、思わずそう呟いて病室から出た。そして病室を出るとすぐ携帯電話を取り出して、清水博士に電話をかけた。十回近く呼び出し音が鳴った後で、清水博士は電話に出たが、その声は明らかに以前とは違っていて沈んで暗い小さな声だった。ダイダオサム氏が、タカシの状態を説明すると、清水博士の声は少し安心したように穏やかになり次のように言った。「……改造人間RX計画については、今後は大幅な見直しを行い、改善する必要があるとは思います。しかしRX－1は、制作費に三億円以上かかっていますし、何といっても私が最初に完成させたサイボーグなんです……。欠点があるのは当然なんです。計画を中止することは全く考えていません。……なんとか、足りない部分を修正して、もっといい物にしますから……。タカシ君には、来週にでも会いに行って直接お侘びしたい……。どこの病院にいるか教えて下さい……。出来れば……元気になったら、タカシ君に、もう一度RX－1を使ってほしい……。」

しかし無情にも、話の途中で電話はダイダオサム氏により一方的に切られたのだった。

九、

モリヤの祖父が、自ら所有している山の一部を手放すという契約をブラック・ラビ関連の企業と結んだのは、昨年秋口のことだった。その山は、祖父の父以前の時代からずっと受け継がれて来た遺産であった。モリヤは、山を買い取った相手の企業の経営に、裏で多くのカエル人間たちが関わっていると噂では聞いていたが、それを自分から上手く祖父に説明することは出来なかった。モリヤは、少年の頃からずっと近くの山小屋で登山客の荷物を運んだり、食事の手伝いなどをして暮らしており、難しい話をするのはとても苦手だった。

モリヤは、祖父が山を手放すことで、結果としてカエル人間に活動のための資金や拠点を用意することになると気がついていたが、祖父は既にモリヤの知らないうちに山を手放す契約をどこかで結んでしまって来たようであった。祖父は昔からブラック・ラビの信者たちを心の底から信じ切っており、カエル人間についても、似たような存在で少し劣ったくらいの人間として見下していた。そんな祖父が、企業の裏側にいるだろうカエル人間の存在を気にするようなこともないわけであった。

祖父は、むしろモリヤを大至急サイボーグにするために資金が必要であり、やむをえず山の一部を手放すことを決めたのであり、それは全くモリヤのためにしたことであった。祖父は、自ら猟銃を手に山の中で鳥や獣を捕ることを仕事にしている根っからの山男であったから、孫のモリヤにももっと心の強い山男になることを望んでいた。祖父はモリヤがカエル人間のような軽率で怪しい人間たちに興味を持つのはよくないと考えており、モリヤには出来るだけカエル人間に触れさせないように気をつけていた。多くの登山客たちが、祖父が所有する山に入る場合は、必ず祖父の許可を得ており、カエル人間の場合も同じであったが、しかし特にカエル人間の場合は、仮に祖父が相手がカエル人間であるという理由で拒否したとしても、知らないうちに山の中に侵入して活動をしているのであった。祖父には山の中に潜伏しているカエル人間たちを見つけ出して取り締まるだけの力は、なかったのである。祖父は、内心ではカエル人間の存在を害獣のように恐れ嫌っていたが、無視していた。むしろモリヤがカエル人間の存在に興味を持つことを恐れていた。

モリヤは、幼い頃に山奥の川のせせらぎの近くで、二人のカエル人間の死骸を目撃していた。それ以来周囲の人や物に対し奇妙な感覚を抱くようになっていた。そのカエル人間たちの死骸は、ちょうど山小屋からさらに山奥に五キロメートルくらい入った所にある谷間を流れている沢の浅瀬の中に二人で折り重なるようにして倒れて死んでいた。

モリヤは、最初その死骸を遠くで目にした時、それが人間の物であるとは知らずに近づいていったのである。まず目に入ってきたのは、俯せに上から被さるように倒れている男らしい肉付きのよい背中の部分であった。死骸は二人とも上半身が裸であり、下半身の部分も衣服が熱で溶けたようにボロボロになっていた。

モリヤは、倒れている二人に近づいていきその顔形や服装をはっきり見て取れる所まで近づいた時に、急にその二人が数週間前に祖父と話していた二人組であることに気がついた。確か二人とも比較的若い男であったはずで一人は背が高くがっしりとした体格のいい赤ら顔の男であり、もう一人はやや細めで筋肉質の神経質そうな男であった。二人は、その次の日曜日に祖父が所有している山に植生の調査のために入山したいと話しており、祖父はいつもするようにその場で玄関先で「入山許可書」にサインをしていた。もちろんその時点では、二人がカエル人間であるか否かなど、祖父はもちろんのことモリヤの方も全く考えもしなかった。その数日後の日曜日には、祖父もモリヤもやや好意を抱きながら、その二人が仲よく連れ立って山道を登っていくのをずっと後ろから見守っていたくらいだったのだ。

しかし、その後二、三日経っても、二人が山から降りて来る気配は全くなかった。祖父は少し心配している様子ではあったが、連絡が何もないので、大方途中で道を変えて別の道を通って山の反対側へでも降りたのだろうと話していた。そうしたことは、今までの経験からも決して珍しいことではなかったからである。そしてこの二人のことは、それっきり祖父もモリヤもすっかり忘れてしまっていたのだった。

しかしそれから数週間経ってから、モリヤと祖父は、山の中で偶然折り重なるようにして死んでいる二人を発見したのだった。

二人の周囲には、まるで脱皮した皮を脱ぎ捨てたように、二人の服がボロボロになり破れてちらばっており、明らかに普通に脱ぎ捨てられた物のようではなかった。しかし、この二人は決して死んでいるわけではなかった。上半身や顔の部分は、すっかり表情を失い、固くなり死んでいるようにも見えたが、明らかに下半身だけでは生きていた。むしろ本当に生きているのは下半身の方であり、上半身はただトサカや角のように、ただ形だけ残されているようなのだ。

山の中へ行って戻って来たモリヤの表情があまりにも優れないため、祖父はモリヤにその理由を尋ねたが、彼はただ青白い顔をしているだけで何も答えなかった。ただ不安そうに祖父の顔を見つめているばかりだった。

「……山の中で、おかしな人間どもの活動を目にしても、決して自分から近づいてはいけないよ……。それは、我々人間とは全く別の生き物たちの営みなんだからな……。」

祖父はいつもモリヤにそう言いきかせていたが、モリヤはかえって山の中で時々目にするカエル人間たちの動きに対し、ますます興味を覚えるばかりであったのだ。

祖父は、そのたびにモリヤを浴室に連れていき、全裸にして水をかぶせたり、細い竹の鞭で体中を叩いたりしたが、モリヤはぼんやりとして、昼間目にしたカエル人間たちの活動に、すっかり心を奪われてしまっているようであった。

「モリヤ、お前は、人間以外の生き物の営みをあまり知ることなく大きくなったのだ。だから、いきなりカエル人間たちの現実を目の前にした時、すっかり心を奪われてしまったのだろう……。しかし、人間はそんなことであってはいけないのだ……。人間は、万物の霊長〈注35〉なのだから……。どのような生き物の活動も、人間よりは低い次元に留っているのだと考えなさい……。」

しかし、いくら祖父がモリヤにそう言いきかせても、モリヤの気持ちは変わらなかった。じっと暗い表情で俯いているばかりであり、祖父の話を本当には理解している訳ではなかったのだ。そのうちに祖父は、モリヤが本当に自分の孫であるのかさえ疑いを抱くようになっていった。祖父は、モリヤのことを今はずっと家を出ている娘の子供だと信じて来たが、よく考えてみれば何の証拠もないのだ。娘がそう言っているだけなのだ。そういえばモリヤは幼い頃から、自分とは全く似ていなかったし、娘とも決して似ているとは言えなかった。妙に自分たちに冷たすぎるというか、また自分の好き嫌いさえ、全く口にしてくれない。家の中で泣いたり笑ったりすることも殆どない。あの娘のように自分のことを口ぎたなくののしることもない代わりに何も言わないのだ。むしろモリヤの性格は、全くあのカエル人間に近いと言うべきだろう。あの体温が極端に低く爬虫類のように感情を全く表情に表さない、全く自分から互いに会話を交わすことのないカエル人間たち、モリヤの性格は、むしろこのカエル人間たちの方に大変よく似ているのだった。

祖父は、当初はカエル人間たちの存在を恐れ、避けるようにしていたが、モリヤが成長するにつれ、自分からすすんでカエル人間に近づいて直接対話をしたり接触をするようになっていった。祖父はカエル人間に近づき、その性質を知れば知る程、モリヤとカエル人間の類似性を強く感じるようになっていったのである。「……ううむ、モリヤは、どう見ても、私には、カエル人間としか見えない……。これは、ひょっとすると……いや、いやそんなはずはない……。確かにモリヤは、娘が生んだ人間の子供のはずだ……。モリヤは、私の孫なのだ……。」

その日、山の中で先日来行方不明となっていた二人のカエル人間を発見して戻って来て以来モリヤは、いつも青ざめていて、何かにとても脅えているようですらあった。祖父は何度かモリヤに自分が見た物を話してきかせるようにと説得したが、モリヤは結局何も答えなかった。

「……モリヤ、お前が以前山の中で目にした現象は、恐らく人間の脳では決して理解出来ないはずのことなのだ……。肉体的には完全に死んでいるはずの生き物が、生殖器においてだけ生きて結合している……。そうなのだ、生殖器とは、人間が意識を持つよりはるか昔から人間の身体の中で生存を続けて来たのだ。いや、ひょっとすると、人間の意識や言葉という物の方が、この人間の生殖器の活動を後から説明するために進化して生まれて来たものだとさえ言っていいかもしれないのだ……。」

祖父は、そこでモリヤの側に歩み寄って、その肩にそっと手をやりながら話し続けた。

「……まあ、モリヤ、お前には、いずれしっかりと私の考えを話しておこうと思っている……。前にも、少しだけ話したことがあるだろう……山の信仰の話だよ……。何故、我々人間は、山に神様が住んでいらっしゃる〈注36〉と考えるようになったのか……。それは、山がそれ自身生きていると信じて来たからだ……。山は、自らの意志を持って動いている、山自体が生きているからなんだ。それは、ちょうど人間の生殖器が生きていて、自ら動いているのとほぼ同じことなのだよ……。あのブラック・ラビの信者たちも、ずっとそう信じて生きて来たんだよ……。もっと昔は、日本人はもっともっと素朴に、山の神の存在を信じていたんだよ……。自然科学も、分子生物学も、量子力学も何もない時代からだ……。この考え方は、フェチシズム（fetishism）〈注37〉とか、今はいろいろな言われ方をするが、根元は同じ信仰に由来しているものだ……。人類の大変古くからある信仰の形態の一つなんだ……。山とか巨大な石とか木とか川とか森には、神聖な力があり全て生きているんだよ……。それらは全て神様なんだ……。ところが、ある時、このブラック・ラビの信者の中から、おかしな連中が現れた……。それが、あのカエル人間たちを作り出している国際反動組織デッド・クロの連中なのだよ……。デッド・クロのしていることは、一見すると、ブラック・ラビの信仰の上に行われているようだが、実は全くそうではない……。彼らが間違っているところは、その行動に全く信仰心がないという点だ……。彼らは、山の神のエネルギーをただ自分たちの利益のためだけに利用しようと考えているのだ。彼らは、自分たちの性エネルギーであるリビドーを使い、カエル人間という奇妙な生き物を大量に地球上に増やしてしまったのだ……。モリヤ、お前にはまだ山を信仰するという昔からの気持ちが少しは残っているはずだ……。お前はまだカエル人間そのものではないのだから……。しかし、デッド・クロの連中が進めている暗黒帝国計画というものは、今に人間の意識全体を完全に飲み込んでしまうことだろう……。そうなってからでは遅いのだよ。しかし、それはもう既に始まっている……。もう何百年も前から少しずつ始まっていることなのだ。モリヤ、この状況をくい止めるには、お前のように若い人間が意識を持ち立ち向かうしかない……。私はいろいろ考えてはみたが、やはり、それには、モリヤ、お前自身がサイボーグになるというのが、今のところ一番いい方法だと思うようになった。だから、私は今回……私の昔からの友人でもあり長年ロボットの研究をしている清水博士と相談して、山の一部を売ることを決めたんだよ……。その資金を使えば、モリヤ、お前はサイボーグになることが出来るんだよ……。どうだね……もし、お前がサイボーグになることが、今私に出来る一番いい選択ならば、私は、それを選びたいと思う……。どうだね、モリヤ、悪い選択ではないと思うが……。」

祖父の話を聞いているうちに、次第にモリヤの表情は変わっていくようであった。明らかに怒り抵抗しているように見えた。

「……俺は……俺は、いやだ。サイボーグになんか、ならねえよ……爺ちゃん、山は絶対に手放さねえでくれよ……。」

モリヤの顔色は、すっかり青ざめ恐怖におびえているようでさえあった。しかし同時に今、モリヤの心の中には、山への信仰心が急に目覚め始めていた。その結果彼の瞳は次第に生気を取り戻していくようであった。それは、彼の心の中に本来そなわっていた野生の息吹のようなものである。今モリヤの身体の中では、ちょうど山の地面の下の奥深い所で、赤いマグマが流動するように、心臓の鼓動が急に高まり、血液の奔流（ほんりゅう）が起こり始めていた。それと同時に彼の全身から一斉に大量の汗が噴き出し、まるで山の地表を流れ下る無数の水脈のように彼の全身をつたい流れ落ちていった。

十、

清水博士は、カエル人間たちによるレーザービーム攻撃によりダメージを受けた「RX－1」を修理して設計をやりなおすと同時に全く新しいサイボーグ「RX－2」の製作にも取りかかろうとしていた。

それは、ヒデキかモリヤのいずれかの青年を対象にして、今回この「RX－2」を完成させるという計画であった。しかしヒデキの方は、先日彼が勤務する貿易会社がカエル人間により襲撃を受けたために、十分な活動が出来なくなっていた。また資金の上でもまだ十分な準備が整ってはいなかった。そこで、清水博士は、先にモリヤの方を「RX－2」とし、ヒデキは「RX－3」としてサイボーグを設計する方針を取ったのだった。

清水博士は、モリヤの祖父とも何度か電話で話をしており、今年度中には「RX－2」

を完成させるという方向で計画を進めていた。

「RX－1」の場合は、背中や翼に設置してある太陽光パネルを利用して主要な起動エネルギーを得ていたが、今回新しく創る「RX－2」からは、それに加えてもう少し別の形のエネルギーの利用も検討していた。それは、例えば、ムギワラなどの植物由来の原料を利用する形の「バイオマスエネルギー〈注38〉」の活用であった。

設計のために必要なデータについては、ヒデキの場合も、モリヤの場合も清水博士は既に得ており、後はそのデータに基づき製作を進めるばかりとなっていた。清水博士は以前モリヤの身体から得ていたデータを元にして「RX－2」の設計と製作作業を急ピッチで進めていった。しかし「RX－2」の設計も中盤にさしかかり、そろそろ細部を実際にモリヤの身体に合わせて調節して設計図を完成させようとしていた、その矢先に大変な事件が発生したのである。

ある朝、研究所にいた清水博士は、ウェブのニュースの速報により、モリヤが何者かにより誘拐され連れ去られたらしいことを知ったのだ。ニュースの内容によれば、犯人像は定かではないが、恐らくカエル人間による犯行と考えられているようであった。なにしろカエル人間たちは、つい一週間程前にも港に近い貿易会社のビルの中からヒデキの先輩社員にあたる二人の会社員を誘拐し連れ去っているのである。その後警察や報道機関に向けてこの二人の社員の身体から体細胞の一部を取り出している映像が送られて来たという。そこには、この二人の社員と全くそっくりな身体を持ったカエル人間を今後製造することを予告するような手紙もそえられていたのだ。

清水博士は、今回モリヤが誘拐されたことから、モリヤがカエル人間たちによって、次なるカエル人間製造のターゲットにされていることをはっきりと理解したのであった。実際カエル人間たちは、モリヤに限らずヒデキに対してもタカシに対しても、彼らの身体から取り出した細胞を使って自分たちの仲間となるカエル人間を恐らく蛙を利用し製造するために、これまで何度か誘拐を企てている。これらの計画は、いずれも未遂に終わってはいるが、カエル人間たちは、少しでも本物の日本人に近いカエル人間を作ろうと躍起になっているものと思われた。

深夜にマウンテンバイクが、道路の脇に横倒しになっており、すぐにそれがモリヤの物であることが、明らかにされた。その後防犯ビデオの映像などから、モリヤがいなくなった直後に、カエル人間たちの物らしい不審な黒い車が、走り去ったことが分かったのである。

今回の事件を契機として、警察の方でも、これを一連の誘拐事件として、本格的な捜査を開始しており、特に若手警察官の一人が、担当に当てられた。中本シンゴ、ヒデキと同い年の腕利きの警察官である。またヒデキの方も引き続き、二人の先輩社員の救出を目指しカエル人間の隠れ家を発見するために捜査に協力することとなった。

カエル人間たちは、自分たちを製造する過程で特殊で強力な電磁波を発生させ続けると考えられていた。カエル人間の卵を強力な磁場の下に置くことで特定の化学物質や酵素の働きを活性化する。そうすることでカエル人間の卵は細胞分裂の過程で独特の変化を遂げるのだ。だからその電磁波を探知することで、彼らの隠れ家を発見することが出来るはずだった。ヒデキと警察では、その電磁波を検知する機械を積み込んだ車に乗り込んで、町中を走り回ることでカエル人間たちの隠れ家を発見しようとしていたのだ。

カエル人間たちの隠れ家については、以前からいくつかの場所の可能性が疑われていた。モリヤの祖父が所有している山の中など都市郊外の山間地やオフィス街のビルの一室など、人や物の流れを追うことでおおよその位置の特定を警察は行っていた。しかし具体的な建物や部屋の発見にはまだ至っていなかったのだ。

ところで、清水博士の話によれば、モリヤが誘拐された前日の晩に、偶然清水博士は、モリヤの祖父と電話で話をしていたらしい。その時、清水博士は、モリヤの祖父にモリヤをサイボーグにするために、最低限必要な条件について再度確認を入れていた。

「……比較的身体能力が高い少年であれば、サイボーグになるための条件というのは、十分乗り越えられる程度のものなのです。しかし、モリヤ君の場合は他の少年と比べると、これまでに本人のサイボーグになりたいという意志が全く感じられなかった……。その点だけがとても気がかりです……。もう一度だけ確認したい……。」

するとモリヤの祖父は、次のように言った。

「……実は、先日モリヤが急にサイボーグにはなりたくないと言い出したのです……。しかし……モリヤは、殆ど中学校にさえ通っていなかったし……精神発達の面では、かなり遅れがあります。だからこのままサイボーグにならなければ、人間としても生きていくことは難しくなるでしょう……。確かに、モリヤは、これまで自分からサイボーグになりたいという強い意志を示したことはありませんでした。しかし、そもそも彼はそういう意志をあまり持たないように育てられたのです。彼は、私がサイボーグになりなさいと言えば、いくらでもそんなことは出来るような性格の少年なのです。……これは、男の子の場合には、比較的よくあることですがね……。ただし軽度でも障害児だと病院の方ではっきりと診断されたのであれば、モリヤをサイボーグにする場合は、ぜひその点は少し考慮してほしいとは思います……。また、モリヤ本人の気持ちというものは、先日そちらへ伺わせた時に、ある程度はお伝えしたかと思います。彼は、人間とカエル人間の区別も殆どつけられてはいません。だから自らがサイボーグになることについても、あまり抵抗は感じないはずです……。しかもサイボーグになるための身体的条件を、彼は簡単に乗り越えられるのです。他の人が努力しても出来ないことを。モリヤなら簡単にすることが出来る。彼は、サイボーグになれるだけの十分な素質を持った少年だからです。……ただ、本人が……なりたくないと、言い出したのですからねえ……それはどうでしょうか？」

「……確かに、モリヤ君の身体能力は、他のサイボーグをめざしている青少年と比べても格段に高い物なのです……。他の社会人やスポーツ選手などと比べても、ずっと山の中で働いていたモリヤ君の方が能力が上なのです。しかし……今の時代というのは、本人の意志の確認ということは、かなり重要です。本人が、どうしてもする気がないならば、モリヤ君をサイボーグにすることは出来ません。」

清水博士が言うと、モリヤの祖父は次のように言った。

「……モリヤは、毎日のように山の中でカエル人間と接触し、戦っているのです……。しかし残念ながら、モリヤは、カエル人間と自分の区別をつけることがまだ出来ない……。カエル人間は、モリヤにとっては、いまだ興味津津であり心引かれる対象であり続けているのです……。モリヤが、この状態から脱するためには、サイボーグになるしかありません……。私は、自分自身がそうだからよく分かるのです。しかし、モリヤは、あまりに心が弱い……。このままでは、彼に山を任せる訳にもいかないのですよ。はっきりと、そう断言できます……。」

清水博士とモリヤの祖父との間で行われていた電話での対話は、結局このような形で終わっていた。そして、その晩遅くなってモリヤは、山の中の林道の脇から、何者かにより連れ去られたのである。「RX－2」の完成半ばにして、当のモリヤ自身が突然いなくなったことは、清水博士にとっては大変な痛手であった。まず何よりも「RX－2」の操縦試験が当分の間出来なくなってしまった。さらに「RX－2」を完成させたところで、それを上回る能力を持ったカエル人間が大量に生み出されれば、その価値は下がってしまう。

その一方、カエル人間たちの隠れ家を発見するために、カエル人間たちが発生させている電磁波を探知する機械を搭載した車に乗り込み、町中を走り続けていた西山ヒデキは、町の中の大きな通りから狭い路地に至るまで、隈無く走り続けていた。しかし町の中には正体不明の電磁波が無数に存在しているために、結局いずれの電磁波が、カエル人間が発生させているものなのか判別することは難しく、結果としてカエル人間の隠れ家を発見するには至らなかったのである。その間にも、カエル人間たちによる「暗黒帝国計画」は、疑いもなく着実に進められていくようであったのだ。

十一、

薄暗い室内の明かりの中で、ふとモリヤは目を覚ました。身体が完全に寝台に固定されており、全く動くことは出来ない。ふと横を見ると、すぐ近くで黒っぽい服装に全身を被われた人影が数人、チュルチュルと妙な音をたてながら、忙しそうに周囲を動き回っている。モリヤは人影に気がつかれるのを恐れて、とっさに目を固く閉じた。

しかしその後また薄目を開けてみると、モリヤの寝ている寝台のすぐ隣には、二十センチメートルくらいしか隙間はなく、すぐまた別の寝台がもう一つあり、そこに男が一人横たわっているのが見えた。

丸顔で少し髪が長い中年の男、見たところ上半身は裸のようである。

「ノウトシンケイハツカワナイデスネ……。」

そのうち黒い人影の一人が冷たく口走るのが聞こえた。モリヤは、それを聞いて思わずゾッとして身を硬くした。寝ている男の身体にはずっと弱い電流が流されているらしく、さっきから左右に微かな振動を続けている。男の目は、はっきりと見開かれているようだったが、意識は殆どないらしく、表情は全く変わらなかった。

「……マダサン、コノヒトハチュウゴクケイネ……。ミライサン、コノヒトハカンコクケイネ……。」

黒い服装に身を包んだ別のカエル人間らしき男が、また口を開いた。モリヤは、その時、初めてカエル人間たちの会話をはっきりと理解することが出来た。

モリヤのすぐ隣に横たわっている男からは、カエル人間たちの手によって、少しずつ血が抜き取られていくらしく、男の寝ている寝台の周囲に張り巡らされている細い半透明のチューブの中を、男の血液らしい赤い液体が、どんどん流れて行くのが見える。また男の脳波を示すものらしい画像が、男の顔の上の青いディスプレイの画面に大きく映し出されており、男の脳波の波形が少しずつ変化するたびに、ブンというやや奇妙な音が室内全体に響くように聞こえた。画像の変化が速くなるにつれて、男の呼吸が急に荒くなっていき、男の肉付きのよい裸になった胸が大きく上下に動き始めた。

「はぁ、はぁ、はぁ……。」

男の息遣いが急に激しくなり始め、次に身体全体を大きく揺り動かし、今にも寝台から起き上がろうとしていた。しかしモリヤと同様手足が完全に寝台の上に縛りつけられているため、全く動くことは出来なかった。

「はぁ、はぁ、はぁ、はぁ……。」

男は確かに息をしており、身体も動かしているので、生きていることは間違いないようだったが、目はすっかり見開かれたままであり顔の表情にもさっきから全く変化はなかった。男の肉体は、このまま次第にカエル人間たちの手によって変えられていき、カエル人間の細胞を取り出すのに都合がよい母胎となるような状態にされていくのであろうか？

モリヤは、その時自分もあの隣にいる男と同じようにカエル人間により細胞を製造するための母胎として利用されるに違いないと気がついた。しかし声を出すことも身体を動かすことも殆ど出来なかった。するとやがてカエル人間らしき人影が、モリヤの所へやって来て、モリヤの身体に対し何かをし始めたのだ。モリヤの両脇腹と両足、そして首筋の五ヶ所にチューブを取りつけ、モリヤの身体からも血が抜き取られていくようであった。さらにモリヤの口に奇妙な紫色のガスの吹き出すマスクが当てられて、モリヤはそのまま意識を失ってしまった。次第に失われていく意識の中で、モリヤはただカエル人間たちがたてる奇妙なチュルチュルという物音と金属をこすり合わせるような甲高い声だけを聞いていた。その音はモリヤの心を酷く不安にさせたが、半ば気絶するようにモリヤは昏睡した。

カエル人間たちが発生させている電磁波を探知する装置を積み込んだ車に乗って、カエル人間たちの隠れ家を発見するために町の中を走り続けていたヒデキは、日中主に二人の人物と連絡を取り合っていた。

その一人は、まず「改造人間RX計画」を中心になって進めている清水博士であり、もう一人は、先日以来、この誘拐事件を担当し捜査を続けている若手警察官の中本シンゴであった。

特に中本シンゴは、休みの日にも、私服姿で、ヒデキの活動に協力してくれていた。シンゴの話によると、シンゴにはカエル人間たちを捕えるための究極の秘策があり、これは、まだ捜査関係者にしか知られていないが、かなり有力な手段であるということだった。

「……独自の捜査網により、いずれは必ずカエル人間のアジトを見つけてみせますよ……。」

シンゴは、車の助手席に座って、ハンドルを握るヒデキの横顔をちらりと見ながら言った。

「俺が、これだけ毎日町中を走り続けて何年たっても見つけられないのに……。どんな秘策があるというんですか？　少しだけでも教えてくれませんか？　それが分かれば、毎日こんな無駄なことしないでも済むんではないのかなあ……。」

ヒデキは少し不満そうに言った。

「いや、いや、これだけは、ヒデキさんにも、まだ教えられませんよ。万が一でも情報が漏れるといけませんからね……。しかし、間違いなく有力な手段ですよ、これは……。」

シンゴは全く表情を変えずに早口で言った。ヒデキは、それを聞いて信号を待ちながら、ハンドルにもたれかかり溜め息をついた。

「……それにしても……町の中って、どうしてこんなにもおかしな電波に溢れているのかなぁ……。これでは、どれがカエル人間が出した電波か探すのなんて、全く海の中に入って、海草を探すようなものだなぁ……。」

するとシンゴは言った。

「それは……そうでしょうね。いくらめくらめっぽう探し回ったって駄目ですよ。カエル人間のアジトがありそうな場所を中心にして、重点的に回らなきゃあ、時間の無駄です……。」

シンゴは澄ました顔をして、そう言うばかりだった。

「そうすると……やっぱり、あの貿易会社がある港の近くとか……あるいは、モリヤ君のお祖父さんが持っている山の辺りとか、その辺が、怪しいとは思うけどな……。」

「ううん、いえいえ、そんな……だって、貿易会社の社員たちは、港から船で遠くへ連れ去られているわけですからね……。アジトが港近くになんかあるとは限りませんよ……。そう、思いませんか？」

シンゴは少し気の毒そうに目を細めて言った。シンゴは、いつも休みの日は私服を着ていて派手な赤と黄色のアロハシャツにスラックスのような青いズボンを身に着ている。警察官だけあって、普通の会社員のヒデキより太っていて首回りが太く肩幅も広く全体的に体格がいい。柔道も有段者だというし、スポーツは万能らしく見える。しかしそのうちヒデキは、シンゴに対してある種の息苦しさを感じるようになっていった。その胸元や脇の下から漂って来る強烈な男臭さは、ヒデキをかなり参らせていった。

「……シンゴさんは、きっとスポーツはお得意なんでしょうね。俺は、昔少しバスケットボールはしていたことがあるんですよ……。」

ヒデキが言うと、シンゴは急に少し控え目な声になり言った。「……いや、僕はあまりスポーツはしたことはないです……。バスケットボールもないですし、サッカーもしたことはない……。柔道はしましたが、これは警察官になるための訓練でしたことなんです……。まあ……僕のように訓練が嫌いで移り気で、身体の見掛けだけに拘（こだわ）る男は、元々警察官にはあまり向いていないんです……。僕も……実は、今にサイボーグになりたいな……なんて思っているんですよ……。」

そう言って、シンゴは少し笑った。

「本当……ですか？　それはいいかもしれないな……。」

ヒデキは、急に目を丸くして身を乗り出した。

「しかし……警察は、本当に、まだうちの先輩の社員たちを連れ去っていった黒い船の居場所を突き止められていないんですか？　そうすると……ひょっとして……もう、日本国内にはいないんじゃないですか？」

ヒデキは、急に思い出したように話を変えた。

「最近は、技術のレベルが上がって、ああいう船もなかなか見つけにくくなったんです。

そもそも、あれは普通の船ではないんです。外国の工作員が使う工作船の類なんですから。沖に停泊していても必ず真っ黒い霧のような煙幕を張っています……。すぐ数キロ先の海上にいても、肉眼では全く見えません。さらに最近は枯れ木みたいにレーダーにも映らないんです。だから、多分、……まだ国内にはあると思うんですが……。正直いって、よく分からないです……。」

「そうしたら……先輩たちも、モリヤ君も、みんな、その船の中に閉じ込められたままになっていて、そのまま海外に連れ出されてしまっても、誰も分からないということになるのでは……。道理で、こんなに毎日毎日町の中を走り回っても何も手掛かりが得られないはずだ……。」

ヒデキは、話をするうちに益々元気がなくなっていくようであった。

とにかく急いで他の先輩社員たちの安否を確認して、出来れば早く救出して貿易会社の経営の状態を正常に戻す必要があった。あるいは、せめてモリヤだけでも救出すれば、「改造人間RX計画」だけは再開することも出来て、ヒデキのためのサイボーグ「RX－2」の完成も少しは早められるに違いなかった。しかしモリヤのためのサイボーグの完成が遅れている以上、それより資金が不足しているヒデキ方が先に完成することは到底不可能と思われた。

一方清水博士は、毎日のようにヒデキの元に電話をしてきて、一日でも早くモリヤの救出をするようにと躍起になって話している。清水博士の考えでは、日が経てば経つ程、状況はカエル人間にとって有利になるばかりであるというのだ。ヒデキの方は、この新任警察官シンゴの言う秘策を信じるしか、もはや方法は残されていないと感じていた。しかしそれはどんなやり方なのか、はたしてそれを信じ続けてもいいものなのか？　不安な気持ちが募るばかりではあった。

十二、

警察が、日本国内に存在するカエル人間の隠れ家と考えられている場所に対し、一斉に強制捜査を行ったのは、モリヤがカエル人間に誘拐されてから約一週間後のことだった。そして多くの隠れ家と見られる場所から、予想されていた通り、カエル人間の製造のため使われていたらしい大量の機械と袋に入ったカエル人間の卵が発見され、多くのカエル人間が検挙され、品物が押収された。しかしカエル人間は何故か検挙された直後に全員溶けるように身体が消えてやがて蒸発して見えなくなってしまった。またいずれの隠れ家の中からも、以前貿易会社から誘拐された社員たちやモリヤの姿が発見されることもなかった。カエル人間の卵の多くは、大型の船舶により海外から日本に持ち込まれて、港の近くで他の船から出た積み荷に混ざって国内に持ち込まれているらしく、その行程の全てが完全にカエル人間たちの手により行われているため、これまで殆ど途中で発見されることがなかったのだ。しかしいずれにしても隠れ家が発見されて大量のカエル人間とカエル人間の卵も見つかったことから、カエル人間の存在は、その後日本国内に広く知られることとなった。

国内の新聞各紙は、次のような見出しを掲げて、このニュースを第一面のトップ記事として伝えた。

『やはり、カエル人間は実在した』

もっともモリヤの祖父や清水博士、ヒデキなど貿易会社側の人間あるいは警察の事件の担当者にとっては、誘拐されている会社員やモリヤ本人を発見できなかったことから、本当の意味で事件が解決されたとは到底言えなかった。

警察は、次の手段として、押収されたカエル人間の卵が入っていた空の箱や地名を書いたメモ、領収書などを使って、カエル人間たちの資金の流れや物資などの搬入のルートを割り出そうとしていた。その結果明らかになったことは、まずカエル人間の隠れ家の多くは、やはり国内の一部の港の近くに、特に街から遠い小さな漁港を中心にしてビルの地下などに存在しているということであった。このことは、カエル人間の卵の大半が、船で国内に運び込まれている可能性をよく示していた。しかし今回発見された以外にも、国内にまだカエル人間の卵が大量に存在していることは否定出来なかった。

ヒデキは、このニュースをその日の午後、清水博士の家の地下にあるロボット研究室の中で初めて聞いた。しかし清水博士は、今回の捜査によっても、誘拐されているモリヤが見つからなかったことで、とても落胆していた。

「モリヤ君が見つからなかったのでは、全く意味がない……。」

清水博士は、研究室のテーブルの前ですっかり落ち込んで項垂れて頭を抱えていた。

「これだけ探してもらってもモリヤ君がいないということは、まだ警察にも見えていないカエル人間の隠れ家が数多く存在しているということだ……。ひょっとすると、海外にもいくつか拠点があるのかもしれない……。既にモリヤ君もあの誘拐された会社員たちも船で運ばれていて海外にいるのかも知れない……。二ヶ月もあれば、もう十分カエル人間たちは、彼らと同じカエル人間を製造することが出来るんだよ。早くしないと、海外の拠点でモリヤ君の体細胞を使って大量のカエル人間が製造されてしまうかもしれない……。そうなれば、もう手遅れになる。何百人、というモリヤ君と同じ体細胞を持ったカエル人間が生まれて世界中で活動を始めることになるだろう……。」

ヒデキは、清水博士の話を聞くにつけても、モリヤを自分が発見し早く助け出したいと思うばかりであった。もっともあれだけ長い間ヒデキが一人で町の中を車で走り回って見つけ出そうとしても見つからなかったカエル人間の隠れ家を今回一度の捜査により警察が発見したことは、大変な力量の差を感じさせられることだった。ヒデキと清水博士が、現在持っている最先端の科学技術を利用して隠れ家を見つけ出そうとしたにもかかわらず、それは結局見つからなかった。町の中にはあまりに多くの似たような電磁波が溢れているため、どんなに精度を上げてもついに隠れ家の位置を特定するには至らなかったのだ。

しかしすっかり落ち込んでいるヒデキに対して、清水博士は、とりあえずモリヤのために使う「RX－2」はそのままにしておいて、先に新しくヒデキのために別に「RX－3」を完成させてはどうかという計画を持ち掛けた。制作費については、どうにかしようと清水博士は言うのだった。

いよいよ念願だったサイボーグに自分はなることが出来るのだ。ヒデキの心の中には微かな希望の光が差し込んで来るようであった。ヒデキの表情はさっきまでよりは少し明るくなっていた。そうか、今や自分自身がサイボーグとなり、カエル人間たちの隠れ家に踏み込む時が来たのだ。そして自らの手で会社の先輩たちやモリヤを助け出すしかないのである。ヒデキはどんなに長い間、この瞬間を待ち望んでいたことだろう。いつも冗談を言ってからかいながらも、ヒデキを可愛がりいっしょに会社で楽しくバスケットボールをしていた先輩の社員たち、いつも他の誰よりもカエル人間の存在を憎み、嫌っていたはずの先輩たち、しかし今や彼らはカエル人間たちの手によって誘拐されてしまい、たった今の瞬間にもカエル人間たちは彼らの身体からも細胞を取り出して新たなカエル人間を大量に製造しようとしているかも知れないのである。ヒデキはそのことを少しの間考えていただけで、もう全身から汗が噴き出して来て、涙が止め処なく頬を伝って流れ落ちた。

自分は他の誰よりも心の強い男であるはずだった。少年のように純粋無垢で態度だけ横柄で口先だけは達者だが、その実何も出来ないあの先輩たちとは自分は全く違う人間だ。自分は鉄のように堅い意志を持ち、機械のように丈夫でしなやかな肉体と油圧装置のような激しいエネルギーを秘めている。そうだ自分こそがアンドロイドのような人間〈注39〉だと言うべきだ。

ヒデキはすぐに側にいた清水博士の許に駆け寄ると、まっすぐに博士の顔を見つめながら言った。「清水博士、どうか今すぐにでも、そのRX－3を完成させて下さい……。これは誘拐されている先輩たちのためであり、モリヤ君のためでもある。どうか、お願いします。」

それを聞いて清水博士は、とても嬉しそうに笑った。「やっぱりそうだったか、君は、やっぱりモリヤ君より先にサイボーグになるべきだったのだね。よく、わかったよ、ヒデキ。君のデータについては、私は十分よく集められているんだから……。もう四、五日も徹夜をすれば、すぐRX－3は完成出来る……。」

清水博士は自信たっぷりな表情でヒデキに請け合ったのだった。ヒデキは、約五日後にはRX－3を装着して試験を行うことを清水博士と約束して研究所を出た。

その日の午後にヒデキは私服警察官の中本シンゴと町中のレストランで会った。シンゴは警察が昨夜カエル人間の隠れ家を突き止めて踏み込んだことをやや自慢そうにヒデキに話し、さらに「まだまだ捜査はこんなものでは終わりませんよ」とつけ加えた。ヒデキはその時まだ先輩社員たちもモリヤも誰も救出されていないことを伝え、自分自身もこんな段階ではまだ終わってほしくはないと率直な感想を述べた。

「先輩たちもモリヤ君も、今に必ず警察が見つけますよ。」

シンゴは大盛りのカレーライスを頬張りながら、ヒデキの顔を見返して言った。

「警察の力は、まだまだこんなものではないんですから……。カエル人間たちが所有している船についても、今徐々に捜査網を拡げている所ですから……そのうち絶対に見つけてみせますよ。」

しかしヒデキが、自らも「RX－3」となってカエル人間の隠れ家に潜入する話を始めると、途端にシンゴは表情を変えた。

「……そんなことは……まだ、しない方がいいですよ……。」それから少し小声になり、ヒデキの耳に少し顔を近づけるようにして言った。「捜査は、全て警察にまかせて下さい。勝手な動きをされては、かえって迷惑ですし、とても危険です。第一あなた方の力では何も出来ないことは、はっきりしたじゃないですか？　一日中車で町の中を走り回っても何も発見出来なかったんでしょう？　カエル人間たちの持つ情報網はそうした電波やコンピューターシステムを利用したものではないんですよ。捜査は警察におまかせ下さい……。」

ヒデキは、自分がモリヤより先にサイボーグになるという清水博士の計画をその時シンゴに話そうかと思ったが、それはやめることにした。ヒデキは事件の解決を警察にまかせるべきだということは、頭の中では十分よく分かってはいたが、どうしても今回のこのカエル人間との対決についてだけは、自分も何かの形で直接関わりたいと感じていた。モリヤのことはともかくとして、ヒデキにとって会社の同僚である先輩たちを救出することは、何としても自分の手で成し遂げたいことだった。それが出来なければ、そもそも自分自身がサイボーグになる意味がないのだ。それにこの先いつまで待っていても、警察がモリヤや先輩たちを助け出してくれるとは限らないのである。今回の警察の捜査によっても、確かにカエル人間たちの隠れ家は数多く発見されてはいるが、モリヤや先輩たちの救出については全く何の手掛かりも得られてはいない。これではヒデキにとって事件はまだ半分も解決したことにはならないのだった。ヒデキはシンゴとまた近々必ず会う約束を互いにしてから別れた。

十三、

北川カズキは、一ヶ月のうちで大半の時間を船に乗って海の上で過ごしている。主に北の海や南の海では魚を獲り、それを西島〈注40〉（この時代は、太平洋の岩盤を形作っている太平洋プレートとフィリピン海プレートが、日本の列島を形作るプレートを下から押し上げた結果、日本列島の西側を支えているユーラシアプレートが、かなり北方へずれて行き、日本列島は二つの島となり始めている。特に二一三〇年以降の百年間に何回かに分けて発生した巨大地震により、ユーラシアプレートは、北方に数百キロメートル移動すると同時に、数十メートルくらいは全体が隆起しており、西日本は海老（えび）のような形をした巨大な一つの島となっている。これは西島、あるいは西の島、海老島などとも呼ばれている）や東島〈注41〉（同じく昔の東北、関東地域のこと。北米プレートと呼ばれる岩盤の上にあるが全体的にやはり数メートル隆起しており、この時代は東島と呼ばれている。なお、現北海道は北島と呼ばれている）で売り歩き、かなりの収入を得ていた。

一ヶ月のうちで二、三日だけ、カズキは南の島にある桃子の家や東島の西部地域にある時子の宝飾店の中で過ごしていたが、他の多くの時間を、海の上で漁をしたり魚を売ったり、船の燃料になる「メタンハイドレート（methane hydrate）〈注42〉」などの鉱石を買い込んだりして時間を過ごす。

警察がカエル人間の隠れ家に一斉に捜査に入った日の午後も、カズキはたまたま南の島にある桃子の家に到着した日に当たり、その後数日間は桃子の家に滞在していた。桃子はその日は珍しく少し不安そうにしていたが、表向きはいつもとあまり変わらず、忙しそうに部屋の奥でずっと炊事をしていた。

「……私の所にも、今朝方、警察の人が来たわ……少し前に帰った所よ。カエル人間たちの捜査だと言っていた……。時々、そんな人もお客様で店に来ることは正直に話したけれど……。カエル人間たちが置いて行った品物や来店した証拠になる書類などをいくつか持って行ったわ……。でも私は、カエル人間なんか、少しも恐くないわ。ただお店の売り上げが減るだけよ……。だって売り上げが、確実に三分の一くらいは減るのよ……。」

桃子は、心做しか少し疲れているようには見えたが、その表情は、逆に落ち着いており、気持ちはかえってしっかりしているようであった。

「……カエル人間たちが、市民を誘拐したらしいんだよ……。ニュースを見なかったのかい……。」カズキが言った。

「私……何も知らなかったわ……お店をしていてニュースなんかも、あまり見ないし……。でも、もしもそれが本当なら、もう日本社会が黙ってないわね……。カエル人間たちも、そろそろ年貢の納め時というものよ……。カエル人間なんてね、全く愚かな連中なのよ、頭の弱いやっぱり本当にただの蛙なのよ。あんな奴らに、ここまで振り回されているなんてがっかりしたわ、日本社会も、つくづく落ちたものだわ……。」

カズキは、結局その日は桃子の家には宿泊しなかった。そのまま東島の方へ船で向かい時子の店へ行ったのだった。翌朝早くに時子の店に着いてみると、店の鎧戸が閉まっていて、店の前に小さな張り紙がしてあった。その紙を見ると、すぐ近くの高層マンションの中の一室にいるということが書かれていた。マンションへの行き方や部屋の番号まで書いてあったので、カズキはそこを訪ねてみることにした。

巨大なマンション群が立ち並ぶ高級住宅地の一画に時子が暮らしているらしいマンションはあった。店から歩いて十五分とはかからない所であり、ようやく辿り着いたマンションの入り口で、管理用ロボットに名前を伝えると、インターホンに時子が出て来た。しかし時子は小さな声でもうしばらくは会えないということを頻りに訴えているようだった。

「先日、イエローキャビンの社員という人がやって来て、これまで利用していたシステムエンジニアリングのサービスを一時中止するということを言われたの……。お店の経営を全てコンピューターに任せていたので、あれがないと、もうお店は続けられないわ……。空調から音響から、売り上げの計算まで全部自分でしなければいけないから、しばらくはちょっとお店を使うのは無理ね……。もうしばらくは会えないの……。ごめん……カズキ……、せっかく来てくれたのに……。お店を再開したら、また会いましょう……。それまではさようなら……お元気でね……。」

時子は、そう言ってインターホンが向こうから静かに切られた。

カズキは仕方なく、時子の住むマンションの前から無人タクシーを拾って、港の方へと向かった。時子の店のこともひょっとするとカエル人間の影響によるものなのかもしれない。カズキは、カエル人間の影響力がここまで大きな物であろうとは、正直に言って思ってもみないことであった。この分ならば夢子の所へ行ってもダメかも知れない。カズキは突然絶望的な気持ちになり、タクシーの後部座席ですっかり塞ぎ込んでいた。

カズキには、自分で所有している船が三つあり、その一つはいつも南の島で桃子の所で漁をするために使っている「Ｓｅａｇｕｌｌ（シーガル）」という名の強化プラスチック製の白い漁船である。これは今から三百年以上も前に西暦二千百年頃作られたらしい古風なアンティークであるあまり実用的ではないが時々使っていた。もう一つは、日本国内の島々を行き来するために使用している「Ｂｌｕｅ・ｓｈｅｅｐ（ブルーシープ）」という名の中型の高速船がある。これは二、三年前に時子からプレゼントされた物であり、Ｓ産業で開発されたコンピューター制御によるロボット船である。カズキがつきあっている四人の女性の中では、この時子と星子がキリスト教徒であり、カズキがロボット船に興味があると話したことから、比較的手に入れやすいタイプの船を一つ、カズキの誕生日にプレゼントしてくれたのだった。カズキは国内を移動する際は、大抵この「ブルーシープ」を使うことが多い。ちなみにカズキが所有している船にはもう一つあって「イエローホース」という人命救助の目的で製造された船があり、これは千人以上の人が乗り込めるような大型船であった。また飛んだことはないが空中も移動出来るような航空機でもあるらしい。もっともこちらの方は、個人が所有して管理するには大きすぎるため「イエローキャビン」に実際の所はずっと預けたままになっていた。カズキは、漁船やタグボートを操縦する免許の他に、この「イエローホース」などの大型の船を操縦する免許も持っていた。

カズキを乗せたタクシーが港の岸壁の上に止まると、カズキはすぐに飛び降りるように外に出て、港の中に停泊させている「ブルーシープ」のある方へと走って向かった。

そして、船のハッチの鍵を開けて中に乗り込むと、すぐに操舵室に上がってエンジンをかけた。この「ブルーシープ」は、ごく最近開発された高速船であるため、全ての操縦は完璧なコンピューター制御により行われる。またモーターエンジンの動力源は特殊な鉱石による自家発電が中心である。

カズキはすぐに船のサーチライトを灯すと、真っ暗な海の上へと船を進めて行った。

「ブルーシープ」は、船全体が軽くて丈夫な材料で作られているため、最大で六十ノットから百ノット（約時速百十キロメートルから百八十キロメートル）という、この大きさの船としてはかなりのスピードで進むことが出来るし、また大きな障害物が前方にあると事前に数キロメートル手前からコンピューターにより探知して自動的に進路を変えたり、減速させたり船を停止させたりするように作られていた。

カズキは、この「ブルーシープ」を手に入れてから、急に日本中の海を他人の力を借りず自由に移動することが出来るようになったのである。それまでのカズキは、海で漁をしたり、客を乗せたりする仕事のためにだけ船に使うことが多かったが、これ以降カズキにとって自家用船が移動手段ということになったのだ。

「高速船って、面白いな……。もっと早く使えばよかったな……。」

カズキは、「ブルーシープ」を手に入れてから、はじめて海の上を自分の意志で自由に移動する本当の意味の「船乗り」の喜びを知ったのだった。

この日もカズキは、いつものように「ブルーシープ」を最大速度に近い八十ノットのスピードで港の外まで走らせ、その後は少し減速して、六十ノットから四十ノットの間で調節しながら、「東島」の北で暮らしている夢子の元へと向かっていた。

しかしカズキが、港の外へと「ブルーシープ」を二百メートル程走らせた時、カズキは急に船の周囲に異変を感じた。最初はちょっとした振動が起こり、それが一分間くらい続いた後で、船の前方の海が僅かに波立っているような揺れを感じた。それはやがて大きな「うねり」となり、船はコンピューターの自動制御により減速した。すると船の前方のかなり遠い所で明らかに強い自発的な水流の動きがあった。「ブルーシップ」は大きく前後左右に揺れ始めたのだった。

「何だろう?」

カズキは慣れない目を懲らしながら、レーダーの画面をのぞき込んだ。すると確かにレーダーの画面の上の方に大きな波を生じさせているような震源の影が映っていた。それは、およそ一キロの長さにわたって波の影響を拡げていた。

「これは、何だろう? まるで巨大な鯨のようだな……。」

カズキは、レーダーを見つめながら一人で首を傾げていた。

すると、まもなくして突然、目の前の海の上、微か二百メートル程の所に、突如として巨大な真っ黒い船が姿を現わしたのであった。

「あぁっ、あぶない、あぶない、ぶつかるぞ。何だ、この船は?」

カズキは、大声で叫んで船の舵を切り、あやうい所で衝突を避けることが出来たが、その巨大な船の船尾が危うくカズキの乗っている「ブルーシープ」と激突する寸前であった。

カズキは、まずその黒い船の大きさに大変驚いたことと、同時にその船全体の異様な雰囲気にも目を疑った。それは巨大な壺か瓶を真横に寝かせたような形をしていて、先端は丸くなり目玉のような物が一つ付いている。船尾の方は、ちょうどオタマジャクシの尾のようにやや細長くなって長く伸びており、しかし途中から急に切断されたように短くなっている。こんな船が港から一キロと沖へ行かない辺りにあって、今まで誰の目にも見えなかったなんて、どうしても信じられないことであった。

しかし少しの間その船を見守っていたカズキは、やがてすぐにその船が、あのカエル人間たちが建造した巨大な工作船であることに気がついたのである。

カズキは、双眼鏡を手にして、その船の中の様子を探ってみた。しばらく見ていると、時々船の丸い窓の中にカエル人間らしき姿が動く様子がちらちらと見えた。その動くカエル人間たちの表情をじっと見ていたカズキは、あまりのことにすっかり驚いてしまい、しばらく口も利けない程だった。その人間たちの顔のある辺りに見えたのは、顔というよりは、固くて黄色っぽい緑色をした恐竜の角のような肉の塊であった。そこには目鼻立ちなどはおろか顔の表情と言えそうな物は何も付いてなかったのだ。そのように角のような顔を持った多くのカエル人間たちが、忙しそうにその船の中を仕切りに動き回っている様子であった。

カズキは双眼鏡で船の中の様子を見つめながら、しばらくの間、これからどうしたらよいか考えあぐんでいた。このままここを静かに逃げ出して、港に行き他の船に助けを求めることも今なら可能であった。しかしカズキは、あえてここは自らがあの船の中に乗り込んでみようと決心した。そして次の瞬間カズキは、船の底に位置している貨物室へと降りて行くエレベーターに乗り込んでいた。そこには以前この船を時子からプレゼントされた際に、いっしょにもらっていた一体のサイバネティックが置かれていた。それは「S産業」が二、三年前に発売した物で、特に身体能力の高い客を対象にして、サイバネティックを一体製造してくれるというサービスを利用した商品だった。カズキは、まだこのサイバネティックを使用したことはなかったが、今回初めてそれを使用する機会が来たと彼は考えた。

しかしはたしてカズキはたった一人で、あの巨大なカエル人間たちが大勢乗り込んでいる船に立ち向かうことは出来るのだろうか？

広い大海原の中にあって、カエル人間たちの乗った船が巨大な鯨（くじら）のように見えるのに対し、カズキの乗る「ブルーシップ」は、まるで小さな鯉（こい）か、せいぜい中くらいの鮪（まぐろ）程度の大きさしかないのである。

十四、

カエル人間たちの活動の母胎となっている「国際反動組織デッドクロ」は、日本社会に前から存在した「山岳信仰」に基づいて生まれた「新興宗教」の一つである「ブラック・ラビ（Black rabbit）」から、最近になって突然変異株のように急に生み出された物であった。もっとも「デッド・クロ」の成立過程については、いまだに多くの謎が残されたままではある。

「ブラック・ラビ」の教団の一部の関係者が国内の何処かの山中に入りブラック・ラビに

「カエル人間の卵」を大量に孵化させたことから、この教団は生まれたものと見られているが、しかしその「卵」自体が何処で作られており、何処から日本国内に持ち込まれているかについては、いまだに全く不明である。そもそも海外のどこの国にそんな卵が存在するのかさえ誰も知らないのだ。ただし「デッド・クロ」の教団の構成員は殆ど全て「カエル人間」によって占められており、「カエル人間」以外の人間が、教団を主導しているような様子はあまり見られなかった。

「デッド・クロ」を生み出したこと自体は、もちろん一部の「ブラック・ラビ」の信者の責任ではある。しかしその後は、「ブラック・ラビ」の信者が「デッド・クロ」の発展に直接関わることはなかった。第一「カエル人間」の「卵」そのものは、「ブラック・ラビ」の信者とは、全く何の関わりもないのである。あくまでも「カエル人間」たちが勝手に自己増殖することで信者が生み出されて行き、結果として「デッド・クロ」という教団が誕生したということに過ぎないらしい。

そうすると、この「デッド・クロ」の教団の拡大に関して、重要な鍵を握っているのは、やはり「カエル人間」の「卵」の存在ということになろう。

しかし二三〇〇年代後半というこの時代においてさえ、「カエル人間」の「卵」などという物を一般の人間がすぐ手に入れることは殆ど不可能に近いと言える。なにしろ「カエル人間」という存在は、人間よりも高い感覚や身体能力を持ちながら、まるで魚や蛙のように「卵生」であり、ひとたび一度に大量の胎児が誕生するわけである。つまり「人間」

と「両生類」の両方の性格を備えた生物ということになる。
それだけの飼育可能な技術と環境がないと維持できない
確かに既に三百年以上も昔から、一部の科学者や生物学の研究者の間では、「ノックアウト動物（knockout animal）〈注43〉」という存在は知られており、病気の解明や治療薬の開発などに利用されて来た。この研究では、特に二〇〇七年に「ノーベル生理学・医学賞」が授与されてもいる。ある特定の遺伝子を動かなくした、あるいは別の生物から取り出した遺伝子を組み込んだ「人工生物」の存在は、研究者たちの間では十分よく知られていたことなのである。

しかしこのような「人工生物」と言われる物を自らが作り出したり、手に入れるためには、特殊な「細胞ビジネス」という領域で、長年仕事をして「遺伝子操作技術」を身につけていなければならない。つまり「カエル人間」を製造し、「デッド・クロ」という一つの教団を作るためには、元の「ブラック・ラビ」の教団の関係者の中に、こうした特殊な技術を持った人物が存在しなければならない。

こうした条件を満たしている人物は大変少ないが、例えば数少ない条件を満たす人物として考えられるのが、モリヤの母の夫、つまりモリヤの父とされる人物の存在であろう。

モリヤの母は、今から二十年以上前に、モリヤの祖父の家を出て以来、モリヤの父と考えられる男性とずっと暮らしている。モリヤの祖父は、そのことには同意しておらず、その男性とは一度も会ってはいない。

モリヤの母は、祖父の家にモリヤを預けるために一度だけ帰省している。しかしその時もその男のことは一言も祖父には話さなかった。モリヤの母は、その数日後、モリヤ本人とモリヤが自分の本当の息子であることを伝えた簡単なメモ書きを残して突然姿を消したのだった。ただその後モリヤの母が、遠い北の大地で特殊な「細胞ビジネス」に関わっているらしいことだけを祖父は噂で聞いていた。

彼女がいなくなってから数日後、祖父は、自分が所有している山の中を歩いていて、子供の背丈程の蛙のような人間のような小さな生き物が歩いて活動しているのを目撃している。そう言えば、祖父が「カエル人間」という物を最初に目にしたのは、その時のことだった。そしてその後、モリヤは母とは別れ、祖父と二人っきりで山の中で成長した。

モリヤの母は、モリヤと別れた際、不思議な緑色をした石を一つモリヤに託している。そして「この石は、モリヤの父がモリヤのために用意した物です」と手紙には書かれていた。祖父はモリヤとともに石を大切に守った。

ところで、西山ヒデキも何故か生まれた時から、いつも赤いルビーの石を身に付けていて、今もこのルビーのペンダントが金の鎖につながれ彼の両方の乳首のちょうど真ん中辺りに置かれて、いつも赤い明るい光を放っている。

ヒデキは、もっと幼い頃は、このルビーの赤い光が、正直言うとあまり好きではなかった。この血のように真っ赤に輝く宝石〈注44〉は、何処か子供の心を不安にさせ、脅えさせるような怪しい雰囲気を持っている。

この赤いペンダントをいつも肌身離さず持ち歩くように言われて育ったヒデキは、何故自分にはこんなに大きな赤い石が生まれた時から与えられているのか、さっぱり分からず少し重荷に感じていた。幼い時に両親と別れて育ったヒデキには、その理由は知るよしもなかったのだ。

ヒデキが、この赤い宝石の持つ意味をようやく知るようになるのは、その後何年もして少し大きくなってからのことで、それは偶然山小屋の中でモリヤと出会ったことによる。仲間たちと登山に来ていたヒデキは、偶然山小屋で登山客の手伝いをしながら住み込みで働いている自分と同じくらいの年齢の少年と出会った。その少年こそモリヤだった。

このモリヤ少年が、自分と全く同じような緑色に輝く宝石のペンダントを身に付けていたのだ。

「あれっ!?　この宝石って、どうしたんですか?　いつ誰からもらった物か、よかったら教えてくれませんか?」

ヒデキは、思わずモリヤの元に歩み寄って、宝石を指さしながら声をかけた。

するとモリヤは、顔をあげて微笑んだ。

「これは、赤ん坊の頃、母ちゃんがくれたものだ……。とても、大切な物だって……。」

その時初めてヒデキは、それが自分も親からもらった物かもしれないことに気がついたのだった。ヒデキは、すぐに自分のシャツの下にいつも隠れている赤いルビーのペンダントを取り出してモリヤに見せた。するとモリヤは急に目を丸くして言った。

「あぁ、君にも同じ物があるんだね……。これも……君の母ちゃんがくれたんだ……。きっと君のは赤だ……。そして俺の方はグリーンだな……。この色には、何か意味があるのかな……。」

その時、遠くからそれを見守っていたモリヤの祖父が、急いで近づいて来て言った。

「これ、これ、二人とも、ご神体をみだりに出して見せ合うのはよくない……。モリヤ、もうしまいなさい。前にも言っただろう、それはあまり人に見せる物ではない……。」

このヒデキとモリヤの出会いは、ほんの短い間のことであったが、ヒデキの心に強く印象に残る出来事であった。ヒデキは、この日以来、自分の他にも自分とよく似た宝石を身に付けている少年がいることを知ったのである。またこの日以降、ヒデキは「御神体」と呼ばれている、この宝石の価値を前よりももっとよく知るようになったのである。

とにかくヒデキは、この赤い石の持つ意味を知るようになり、自分の他にもモリヤのように宝石を身に付けた少年がいることを知り、改めてまた自分自身に与えられた社会的意味や役割を感じるようになっていった。それは、古くから伝わる「山岳信仰・ブラック・ラビ」と深く関わりがあることでもあり、だからこそ新たに登場して来た「カエル人間」とも自分は対決しなければならないのだ。

ヒデキは、今や一日でも早く「カエル人間」たちによって連れ去られているモリヤを救出するために、自らが「サイバネティックＲＸ－３」とならなければならないと感じていた。

十五、

カエル人間たちが操る巨大なおたまじゃくし形の黒い船と、今にも海の上で衝突しようとしていたその時、カズキが乗っている高速船ブルーシープの船尾の辺りから急に何かが外に飛び出して来た。

それは全体が青い魚のような鱗で被われた小さな人間のような鳥のような物体であり、まるで飛び魚のように小さな細い翼を拡げて、広大な青空高く大海原の上へと飛翔した。そしてまさにブルーシープが、巨大な黒い船が起こした海流によって押し流されようとしていた、その直前に、辛くもブルーシープの外へ脱出することが出来たのである。

その青い魚のような物体は、かなり上昇した後急にやや高度を下げて行き、やがてその巨大な黒い船の甲板の上に静かに降り立ったのであった。

これは明らかにカズキが内部に乗り込んだ「サイバネティックＲ－４」に違いなかった。カズキは、長い間自分自身がサイバネティックになることを、なかなか決断出来ずにいた。

カズキにこのサイバネティックを贈ったのは、あの「時子」であったが、実際サイバネティックを高速船ブルーシープといっしょに時子から贈られた日も、カズキは「俺が、サイバネティックなんか、使うはずがないだろう？」と時子の好意を鼻で笑っていたくらいだったのだ。

私生児として生まれ育ったカズキは、既に幼少の頃から周囲の大人たちによって、今にサイバネティックにでもなるしかないだろうと、しばしば厳しい目で見られていたが、実際には、カズキはその後は自らの意志で漁師になっていた。当時も今もサイバネティックになどなる気持ちは毛頭なかったのである。

カズキは、十代の頃から漁船で沖に出て、数日かけて魚を大量に獲り、それを町中で売り歩くような暮らしをずっと続けて来た。

しかし漁師となった後も、カズキは漁船よりもっと大型の船の操縦にも関心を持っていたし、実際大型船の操縦免許も取って、「イエローホース」という人命救助のために開発された千人以上乗船出来る大型船も所有していた。

そして時子から高速船ブルーシープを贈られてからは、それを平気な顔で移動手段として日本の近海で乗り回して来たのである。

「あいつが、普通の漁師と言えるのか？　まるで海賊みたいな奴だよ。」

カズキに対しては、他の漁師仲間や大型船の乗り組員の間からも疑問の声があがっていた。

時子からサイバネティックを贈られた際に、カズキは、一度だけ「S産業」の「ロボット研究所」を訪ねている。サイバネティックを所有して使用するためには、使用する当人に関するかなり詳細な体格の測定値が必要であり、そのために「ロボット研究所」を訪れたのだった。

カズキは、ロボット研究所の窓口で、簡単な書類に必要事項を記入すると、待ち合い室の座席に腰を降ろした。ロボット研究所の中は、精密な機械を取り扱うためか、いつもとても清潔にされており、埃一つ落ちていない程であった。しかし当時はまだ漁師をしていて、毎日のように生の魚を直に手で扱っていたカズキは、酷く居心地の悪い気がした。全く自分は、客間に紛れ込んだ汚らしい野良猫のようだとつくづく思った。

やがて受け付け番号が、アナウンスされて検査室に入室したカズキは、そこで初めてロボット研究所の職員だった清水博士と面会した。清水博士は、当時はまだ「S産業」をやめる数年前のことであり、「改造人間RX計画」を実現するために、国内にいる身体能力の高い少年を探している際中だった。

しかしカズキを一目見た清水博士は、その全く若い漁師そのものにしか見えない風貌をした汚い短髪の少年が、「サイバネティックR-4」になどなる気がはたしてあるのか、全く信用は出来なかった。「この少年は、使えないな……。ただの若い漁師じゃないのか」心の中でそうつぶやいた。

「ええっと……サイバネティックを所有するためには、本人の遺伝情報とか同時に体格に関する正確な情報が必要なんですよ。つまりかなり精密な身体検査をする必要があるのです。分かりますかね？」

清水博士が形どおりに話を進めて行くと、「はい？　ええっ、……何ですか、それ」とカズキは、よく分からないという顔で問い返した。

「ええっと……。時子さんという方を通じて、あなたのためにサイバネティックを製作してほしいという依頼がありました。あなた、もちろん、時子さんという人は、ご存知ですよね。」

「はい……時子という人は知っていますが。」

「その方から、サイバネティックがプレゼントか何かされていますね。」

「ええっ……あぁ、はい……あの高速船といっしょにもらったロボットのことですか？」

「あぁ、そう、そう、そうです。そのために、この身体検査が必要になったんですよ……。」

その日、カズキは、結局その対話の後で、別室に移されて、服を脱がされて精密検査を受けた。その直前にカズキは、清水博士から不思議な青く光る石を見せられた。

「……この青い石は、あなたの石だったのでしょう？　危うく持ち主を失って捨てられてしまう所でしたよ。大事に持っていて下さいよ。」

カズキは、その石を尻のポケットに押し込んでから、セーターとシャツを脱いだ。

精密検査の途中から、カズキは意識を失っており、その前後のこともあまり記憶がない。それ以来カズキは一度もロボット研究所を訪れていないし、それは一つの不快な思い出として、心の奥底に片づけてしまっていた。時子からもらったというサイバネティックについても、何年間も使わずにずっとブルーシープの船底の倉庫の中に置き放しになっていたのだ。カズキは、自分がいつかこのサイバネティックを使う日が来ようとは夢にも思わなかった。あるいは、そんな物があることさえもカズキはすっかり忘れかけていたのだった。

しかしカズキは、その後高速船を操縦していて、あの黒い船とぶつかりそうになった時、このサイバネティックの存在を急に思い出した。その時、このサイバネティックを贈ってくれた時の時子の顔を同時に思い出したのだった。時子はカズキの顔を黒い瞳で真正面から見つめながらニコリともせずにこう言ったのだ。

「カズキ、このサイバネティックはね。今地球上に存在する中では、特上の品物なのよ。これを身に付けていれば、万が一高速船が何かとぶつかって沈むようなことがあっても、絶対に大丈夫よ。深海六〇〇〇メートルの海の底に沈んでも、このサイバネティックは決して壊れないわ。わかる？　地球の海の最深部よ。」

カズキは、高速船ブルーシープが、巨大な黒い船とまさに衝突しようとしていた、その瞬間にこのサイバネティックのことを思い出して、それが置かれている船底の船倉へ向かうエレベーターに乗り込んでいた。

カズキは、その時急にこのサイバネティックを所有するために初めて「ロボット研究所」を訪れた日のことを、まるで昨日のことのように鮮明に思い出していた。

カズキは、あの日、昨夜の時子からの電話の内容にあった通り、朝早くロボット研究所へと向かっていた。

まだ朝早いこともあって、町中の通りを行く通学の子供たちの列や、急いで会社へ向かう高速電気自動車の色とりどりの固まりが、一度に目の前の景色の中に飛び込んで来た。

やがてカズキは、そんな大通りから逸れてやや人数の少ない薄暗い公園の森の中をしばらく歩いてから、「ロボット研究所」と書かれた建物の自動ドアの前に立っていた。

カズキの心臓は、いつもより少し高鳴っていたが、それはいくらか時子に対する甘い気持ちがあったのと、また普段とは違い朝の早い時刻に町の中へ出て来たことから来る緊張もあったためと思われた。

その証拠に、カズキは「ロボット研究所」の建物の中に入り、しばらくロビーに座っていると、次第に気持ちが落ち着いて来るように感じた。

「ロボット研究所」にいた七十代くらいの白髪の目鏡をかけた老人は、一通りの説明を終えると、やはりニコリともせず、次のような話をしたのだ。

「……私は、今改造人間RX計画という秘密の計画を進めているんだが、あなたもこの計画に参加してもらうことになりますね……。」

そして話し終わると、やや意味深長にニヤリと口元に笑みを浮かべた。

カズキは、その日は前日までずっと海の上へ漁に出ており、朝方戻って来たばかりであったから、髪の毛は潮を被（かぶ）ってかなりベタベタであったし、服装も上半身には着古したマリンブルーの丸首のセーターの下に白いランニングシャツだけを着て、下半身はブリーフに穴のあいたジーンズというごく簡単な物だった。足には素足にビーチサンダルを穿いていた。

「……普通は、スポーツマンなんかでもね、少し心の準備も必要らしいんだが……。あなたは漁師だって言うからね……。今日は少し時間かかるけれど、夕方くらいまでで一日で全部やってしまいましょう？　どうですか？　今日は時間いいですか？」

老人は、なおもあまり表情を変えず話し続けた。しかしカズキは、何と答えたらいいかも分からず、ただぼんやりと部屋の真ん中に立ち尽くしているしかなかった。

すると老人は、例の鎖の付いたペンダントの形をした青い石をカズキに手渡すと、「本当は、素っ裸でするものだが、それがいいかね」

とカズキに聞いたので、カズキは、その青い石を受け取って尻のポケットにねじ込むと、まずマリンブルーのセーターとランニングシャツを脱ぎズボンを下ろした。ブリーフに手を掛けた時さすがに少し抵抗を感じたが、そのままそれも脱いでしまった。老人は、カズキに身体のいろいろな動きをさせてみて、その状態を注意深くじっと観察しているようだった。

「……片方の足で立ってみて、ずっとしばらく身体を支えてごらん。」

または「腰に両手をやって上体をぐっともっと後ろに反らしてごらん」など、いろいろな動きをさせてみて、その都度時間を計り、さらにもう少し難易度の高い動きをさせてみるのだった。その間カズキは、いきなり全裸体にさせられて慣れない動きをさせられたことから、恥ずかしさで少し身体が熱くなって汗が出る程であった。

次に老人は、カズキを隣の部屋に連れて行くと、高い鉄棒にぶら下がるように命じ、自分は横の少し高い台の上に座り、カズキの尻や腹部の筋肉を触り始めた。腹部は鳩尾(みぞおち)から臍(へそ)の下辺りまでを、時々「お腹に力を入れてみてごらん」などと言いながら、ずっと指先で筋肉の変化を確かめるように探っていく。さらに背中や脇腹の筋肉も同じようにして触り、特に、肋骨の辺りはカズキの両脇の下に両手を添えながら何度も手を滑らせ、指先でもむように調べて行った。また時々カズキに両腕の力を入れさせて、肩や肩甲骨の辺りの変化やまた全身の筋肉の張り具合を入念に調べて行った。

最後に老人は、カズキに内臓の状態も調べたいと言い出し、さきほど渡した青い石を取り出して金の鎖で胸に付けるように言った。石はちょうどカズキの両方の乳首の真ん中辺りに来るように作られていた。それから老人が、緩く電流が流されているらしいプレートを立っているカズキの左右の胸に押しつけるようにすると、プレートに電流が流れ始め、胸の青い石が急に強い光を放ち始めた。その途端カズキは意識を失って、そのまま床に倒れ込んでしまった。

老人は、カズキを抱き上げて寝台の上に横にならせた。

意識を失ってから、しばらくするとカズキは不思議な夢のような幻覚を見ていた。それは胸のちょうど両方の乳首の真ん中辺りに取りつけられている青く光る石から電流が流れていて、全身がその電流により包まれていく夢だった。カズキは、その時必死で何かを叫ぼうとしたが、全く声は出なかった。ただ彼の口だけが少し開かれており、そこから微かに声にならない呻き声だけが漏れているようであった。そしてただ何故か自分の心臓の音だけが、ずっとカズキの耳には聞こえていた。心臓の音だけが明るい青い光の中で確かにはっきりと生きづいていた。

どれくらい時間が過ぎただろうか、その間カズキは、完全に意識を失ったままの状態であった。やがて少ししてカズキが目を覚ますと、すぐ側にあの老人が立っていた。

「……全ての測定が終わりましたよ、カズキ君。君なら、きっと大丈夫だ。どんなサイバネティックでも、すぐに自由自在に使いこなせるようになるでしょう。」

「……あぁ、先生、俺の身体に何かしたんですか？」ようやく声が出るようになったカズキは、懇願するような目つきで老人の顔を見つめて言った。しかし老人は、静かに後ろを向いて、「いや何もしていない。電圧が下がって身体が動くようになったら、もう服を着て帰ってもよろしい。今日は大変だったでしょう。どうもお疲れさま！」そう言うと、部屋を出て行ったのだ。

「……時子が……時子が俺にくれた贈り物って、こんな物だったのか？」

カズキは、この時になって初めて時子の自分に対する愛情の意味を理解したのであった。

カズキは、その日夕方遅くなってから、ようやく身体が動くようになり、急いで服を着て研究所の外に飛び出したのだった。

この日以来、カズキは、仮令（たとえ）このサイバネティックが完成して手元に届くことがあっても、そう容易には使うまいと心に決めていた。

十六、

この時カズキが中に乗り込んだと思われる青いサイバネティックは、「ＲＸ－４」と呼ばれるものである。「サイバネティックＲＸ－４」は、カエル人間たちが操る真っ黒い船の甲板の上に飛び移ると、すぐにカエル人間の体細胞を失活される力のある強力な電磁波を四方に発しながら、船の中をとんどん進んで行った。

「ＲＸ－４」が発する電磁波は、大変強力であったから、周囲にいた多くのカエル人間たちは、ものの五分もしないうちに、全員が床に蹲（うずく）まり動けなくなってしまっていた。やがてよく見るとそのままの状態で身体が縮んで行き、蛙のように小さくなっていった。

「ＲＸ－４」は、船の中を歩き回り、ようやくモリオと他の二人の会社員たちが拘束されているらしい部屋を見つけ出し、すぐに三人を助け出すことが出来た。三人は、裸体にされ、すっかり意識を失わされていたが、呼びかけると目を覚まし、起き上がってとても喜んでくれたのだった。

カズキは、裸体の三人と連れ立って、船の中の複雑に入り組んだ廊下を通り抜けて、やがて船の甲板の上に出た。

その日は、見渡す限り、青くて広大な海が、船の周囲には拡がっていた。船を取り巻く青く晴れた空の真上には、ギラギラと輝く太陽があり、甲板の上にいる四人に対しても容赦なく強烈な日差しを浴びせかけていた。四人は、しばらくの間、すっかり言葉を失って、ただぼんやりと船の甲板の上に立ち尽くしていた。

しかしやがて四人は、甲板の上へ生き残っていた「カエル人間」たちが、ぞくぞく集まって来ていることに気がついたのだった。その数は、およそ二十人、まだまだ四人で立ち向かうには、その数は多すぎるのだった。

すぐ近くで見た「カエル人間」の姿は、実に恐ろしい物である。頭から背中にかけては、濃い緑色をしており、それが背中から尻や太股にかけて続いている。頭部は全く蛙のようであるが、全体が硬い角のような蛋白質で出来ているらしく表情などは殆どない。むしろ顔の下の顎の部分が、人間でいう顔のような柔らかい皮膚であり、まるで魚の腹のように白く不気味に下の方まで皺が寄っていた。普段は頭の部分を鬘か帽子で覆い、特殊な薬材を使って人間の顔のように見せかけているのだ。

「サイバネティックRX－4」は、いよいよとなった場合は、他の三人を抱えて船の甲板から飛び去ろうと覚悟を決めていた。会社員を両手に抱き抱えて、モリヤを背中に背負い飛び出すのだ。しかし一か八かの賭けに近い決断に他ならない。

「カエル人間」たちは、じりじりと四人を追いつめるように甲板の上で四人を取り囲んでいる。四人は、とうとう船尾の方へと追いつめられてしまった。

万事休す、とはまさにこんな時にこそ使う言葉だろうか。しかしそんな時、ふと見上げた空の彼方から、いくつかの光り輝く星のような物体が船へめがけて飛んで来るのが目に入った。

「あっ、あれは何だろう！」

それは、黄色い孔雀のように大きな翼を持ったもう一つのサイバネティックであった。それは間違いなく、ヒデキが乗り込んでいる「サイバネティックRX－3」に違いなかった。ヒデキもついに最後の最後になり、念願のサイバネティックになることが出来たのである。

ヒデキが乗り込んでいるらしい「RX－3」の後ろには、もう一体のサイバネティックがあった。鉛色をしたそのサイバネティックは、最後に止めを指すように船の甲板の上に舞い降りて来た。「サイバネティックRX－5」と呼ばれるべきそのサイバネティックは、「RX－3」と協力して、「カエル人間」に影響を与える薬品を大量に周辺に散布したため、やがて「カエル人間」たちは、船の甲板の上へ倒れて全く動かなくなってしまったのだ。

しかしこの最後のサイバネティックの正体は一体誰なのか？

三人の青年と三体のサイバネティックは、それからしばらくの間、互いの存在を確かめ合うように、見つめ合いながら甲板の上にじっと立っていた。

まず最初に「RX－3」が、仮面をはずし中からヒデキの顔が現れた。続いて「RX－4」も仮面を取って胴体を開いた。するとそこからカズキが顔を出した。これでモリヤを加えると、三体のサイバネティックの正体が明らかになり、まだ入院中のタカシを加えると、「RX－1」のタカシ、「RX－2」のモリヤ、そして「RX－3」のヒデキに、「RX－4」のカズキという四体のサイバネティックの正体が明らかになったことになる。

しかし最後に一体だけまだ正体が分からないサイバネティックがあり、他の三人は、その鉛色をした最後のサイバネティック「RX－5」の様子をじっと見守っていた。

そしてヒデキがついにすっかり待ちきれなくなったようでありサイバネティックの方に歩み寄って声をかけた。

「さぁ、さぁ、もういいでしょう？　あなたは一体誰なんですか？　もうそろそろ最後のサイバネティックRX－5の正体を明かして下さいよ。お願いします。」

そこでそれを聞いた最後のサイバネティックRX－5も仮面を取った。

すると、にっこりと照れ笑いを浮かべている中本シンゴの顔が、そこにはあったのだ。

「警察が用意している最後の秘策って、ひょっとしてこのことだったんですか。中本さん、あなた自身がサイバネティックになるという……。」

ヒデキがそう言うと、「……まぁそれはどうだかね……。」と中本シンゴは少し照れくさそうにしかし得意そうに笑って、他の四人の輪の中に入った。「これで僕はもう警察官はやめるかもしれないな」そういってシンゴは少し残念そうに笑った。

これでようやくタカシも加えると、五人の「サイバネティックRX5」が、全員そろったことになった。

四人は、助け出した会社員二人といっしょに、カズキの船ブルーシープに乗り移って出発した。

見上げると、空からは数機の警察のヘリコプターが、海上には沢山の警察の船があり、いまや主人を失ってぼんやりと船の上に浮かんだままにされているカエル人間たちの黒い船を遠くから取り囲んでいた。

〈終〉

〈注〉西岡立夫作成

（1）反動組織

「反動」とは、歴史の進歩発展に逆らうことを言うが、特に、すでに実現されている成果・社会を破壊しようとする過激な集団のことをここでは「反動組織」と呼んだ。

よく知られているのは、「原理主義（宇宙の根本原理は一つであるという考え方）」によるものや「ファンダメンタリズム（Fundamentalism）」により活動する政治団体や宗教団体の存在である。「反グローバリズム」という点では、「地域主義（regionalism）」や「市民社会（civil society）」における人権保護、貧困対策、環境保護とも似ているが、目的や手段が全く異なっているのでこの区別は重要である。

（2）デッド・クロ

本作品に始めて登場する仮空の「反動組織」。正式な名称は、「デッド・クロマニヨン（Dead Cro-Magnon）」という。

「クロマニヨン」は「新人」を意味し、「現代人（ホモサピエンス）」とほぼ同じ身体の特徴を持っている。

「ヨーロッパ」や「中東」の原始人としては、まず「ネアンデルタール人」（旧人）がよく知られており、「クロマニヨン」は、その後登場した人種である。なお、「デッド・クロ」とは、「神」や「キリスト像」の代わりに「ダミー人間」（カエル人間）を製造し、利用する犯罪組織である。

（3）ブラック・ラビ（Black-Rabbit）

仮空の「アフリカ系（?）の新興宗教団体」そもそも、「神」の台座としての「金の子牛」への信仰は、古代ユダヤ教においては、背教として禁じられている。（『出エジプト記』より）

しかし、この考え方は他の宗教、つまり「フェチシズム（fetishism）」として、一種の自然崇拝や偶像崇拝としてならば肯定されうる。日本社会でも自然崇拝や偶像崇拝は広く行われている。

「ブラック・ラビ」はもちろん仮空の団体であるが、「黒い兎」を信仰の対象とする。

（4）人造人間

人造人間には、まず鉄やアルミニウム、プラスチックなどで人工的に作られた「アンドロイド（android）」と、遺伝子技術により製造された生命体「クローン人間」の2種類のタイプが考えられる。

後者の中には、「原人タイプ」のように脳の発達が少なく身体的活動にのみ限定されたもの、「新人タイプ（クロマニヨン系）」のように「原理主義」や信仰心のあるものなどがある。いずれにしても人権上の配慮が必要となる。「クローン人間」とは、外見だけ人間の形をしながら脳や心肺などの内臓は動物に近い場合をさし、外見も中身も「人間」の場合は、当然人権上保護されなければならない。「クローン人間」としてではなく一般の「人間」として扱われる。

（5）暗黒帝国計画

一つの国家・帝国が、全世界もしくは他の複数の国を暴力、武力により支配しようとする計画。太平洋戦争（1941年～1945年）中の日本や「ナチズム」などは、その典型と言える。

将来考えられるものとしては、やはり「無神論者」によるものや、「ファンダメンタリズム」がある。

（6）「カエル人間」＝ダミー人間（dummy）

「ダミー（dummy）」とは、「マネキン人形」の意味であり、映画などで、俳優の身代わりにビルなど高い所から落下させる替え玉人形のことである。この作品では、「蛙の卵」から人工的に作られた人間の形をした存在、「カエル人間」をさす。

卵に与えるホルモンの量によって「カエル人間」は巨大化する。

（7）サイバネティックス（cybernetics）

一九四七年頃、アメリカの数学者「ウィーナー（No bert Wiener 1894～1964）」が命名し、創始した概念。

今日の電気工学、とりわけ通信理論、情報科学の分野に革命的発展をもたらした原点というべき理論。

「ウィーナー」は、機械における「自動制御」と生物における神経伝達、行動制御の間の類似性を指摘し、そこから、無生物である機械の働きから、人間の生理や心理現象までを一つに統一する総合的な科学理論を確立した。

なお、「サイバネティックス」の考え方により人工臓器などの機械によって肉体を作り変えられた人間を「サイボーグ（cyborg）」と呼ぶ。一九二九年バナールの未来論『宇宙・肉体・悪魔』に初めて登場した。

（8）性エネルギー（リビドー libido）

「リビドー（libido）」とは、ラテン語で「欲望」を意味している。「精神分析」では、「性本能」（フロイト）や「心的エネルギー」（ユング）として使われる。

人間の「欲望」を全て「性エネルギー」に一元化するのは、少し極端な発想と言うべきかもしれないが、例えば「性エネルギー」を別のよい目的に使うことを「昇華（しょうか）」と呼ぶ。

（9）フロイト（Sigmund Freud 1856～1939）

「フロイト」は、20世紀に活躍した最大の思想家の一人であるということが出来る。「芸術」を含めたあらゆる人間の活動の背後に「性エネルギー」があるという彼の理論は、「ユング」を始め多くの批判者がある一方、その影響力は大きかった。

（10）体細胞転換手術

「体細胞転換手術」については、前作『赤い惑星』の中も少し取り上げている。身体の細胞の一部を一定の時間をかけて新しい細胞と取り替える未来社会の治療や手術をいう。拒絶反応が全くない「iPS細胞」が使用されるのが当然一般的になると思われる。「遺伝子」全体を新しくすることで短くなった「テロメア」を回復出来れば、長寿にもつながるかもしれない。「·iPS細胞」によって「脳」や「心臓」「肺」などがどの程度再生出来るかが課題と言える。

(11) iSP細胞(人工多能性幹細胞)

人間の身体を構成している様々な細胞に分化することが出来る能力(多能性)を持つ細胞を「幹細胞(stem cell)」と呼ぶ。また個性発生初期の胚から作った「幹細胞」を「ES細胞(胚幹細胞)」と呼ぶが、人間の受精卵を使用するため、研究利用には倫理上の問題があった。二〇〇六年京都大学の山中伸弥教授によって開発された「·iPS細胞」(人工多能性幹細胞)は、その点、患者自身の体細胞から作り出した「幹細胞」であるため、生命倫理上の問題と拒絶反応という二つの問題を同時に回避出来た。

「·iPS細胞」を利用すれば、理論上は「クローン人間」の製造も可能ではあるが、技術的な完成度と、人権上の問題や生命倫理上の問題など越えなければならない課題は多い。

(12) レッド・クロウ(Red crow)

前作『赤い惑星』の中に登場する仮空の「人権保護団体」、「ダイダオサム氏」を代表者とする「社会性昆虫(アリやハチ)」に近い集団(レスキュー隊)「K島」の「赤い山脈」という所に本部があるとされる。

(13) 国際救助隊サンダーバード(Thunder bird)

人形劇『サンダーバード』を最初に製作放送したのは、イギリスAPフィルムであり、日本では一九六六年から一九六七年にかけてNHKで放送された。

地球規模の大災害に対して、国の境界を越えた国際救助隊が活躍するという未来像は、必ずしも新しい発想ではないが、現実にそのような組織が結成され、国際社会で活動するには、まだ各地域の気候変動への理解や、多様な需要に対応するための機材、道具、人員の確保など現実的な課題が多い。戦争やテロがある場合は難しい。

(14) ポセイドン

「ポセイドン（Poseidon）」は、「ギリシア神話」においては、「ゼウス（Zeus）」や「アテネ（Athens）」と並んで、最も重要な神の一人と言える。

「海の神」とされ、ある意味最も古い、一万年以上昔に海に沈んだとされている「アトランティス大陸」の支配者とも言われる。また哲学者プラトンはその子孫とされている。

(15) キングギドラ・モスラ

福島県出身の映画監督「円谷英二（1901 ~ 1970）」が、生み出した「怪獣映画」に登場する「怪獣」のキャラクター。他に「ゴジラ」や「ウルトラマン」など多数存在する。

未来社会においては、遺伝子技術により「恐竜」や「怪獣（人造動物・人工生命体）」の生存も可能となる。

ただし、地球環境や他の民族文化、近代文明を破壊しないことが、求められる。「キングギドラ」は「日本神話」の中の「八岐大蛇（やまたのおろち）」、「モスラ」は、平家の「蝶紋」から選んでみた。

「おろち」

（大蛇のこと）

出雲の国の斐伊川に住んでいたとされている八頭八尾の「ヤマタ ノ オロチ」は、日本神話の中では極めて重要な神の一つである。

(16) 南海トラフ巨大地震
日本列島は、「北アメリカプレート」「ユーラシアプレート」「太平洋プレート」「フィリピン海プレート」という四つの巨大な岩盤（プレート）がちょうど合わさる部分に位置し、「南海トラフ」とは、「ユーラシアプレート」の下に「フィリピン海プレート」が潜り込む位置に当たる。近年ここを震源とする巨大地震が起こると指摘されている。

なお「太平洋プレート」が「北アメリカプレート」に潜り込む部分が、「日本海溝（かいこう）」とされ、七千メートルから八千メートルの深海底に当たる。また、「北アメリカプレート」と「ユーラシアプレート」の境界線は「糸魚川—静岡構造線」（フォッサマグナ）と呼ばれいずれも、巨大地震の震源域と見られている。
(17) リクロード（recroad）
一九六三年「江副浩正氏」により設立された法人「リクルート（recruit）社」に類似した「国土交通省」関連の情報・人材開発会社、主に鉄道・バス・旅行会社を中心に対応している。
(18) リクロール（recrole）
同じく「リクルート」とよく似た情報・人材開発会社、特に、「厚生労働省」に関連する職種に強い。「リクルート」より、人権上福利厚生面でよい。

（※　なお17・18、いずれも仮空の団体）

(19) イエローキャビン（Yellow Cabin）

「住宅金融債権管理会社」から発展したとされる仮空の民間会社。「住宅金融公庫法」などに基づき土地やマンションなどの不動産の管理と資金の融資や運用も行う。原則として各都道府県に属するが、地方自治にも関わることから、地域によってその性格や役割はかなり異なる。小説では5つのグループに分かれており「イエローキャビンW（ダブル）」（30％）「イエローキャビンR（アール）」（20％）「イエローキャビンD（デルタ）」（25％）「イエローキャビンK（ケイ）」（15％）「イエローキャビンH（エイチ）」（10％）という資本配分となる。

外国からの投資や個人投資家からの支援もかなりあるため、実際の資金力は、資本をかなり上まわる。

(20) イエローモンキーズ（Yellow monkeis）

国際社会で活動する法人職員・企業人の通称。イエローキャビン（仮空の団体）に所属している。自治体職員と外交官、警察官など二つ以上の資格を持たなければならず、民間人として活動する。国の内外での乗り物や宿泊の費用は無料で、ビザも必要ない

外国語や法律などの社会科学の知識がかなり求められるため、「イエローキャビンW」ならば「W大」、「イエローキャビンR」ならば「R大」というように、日本の有名私立大の出身者が多く、他大学出身者は、10％～20％くらいにとどまる。

政治やアジア経済、産業分野に強い「イエローモンキーズW」に対し、芸術や観光に強い「イエローモンキーズR」外交・資源開発ジャーナリズムに強い「イエローモンキーズ

D」など「すみわけ」て、役割分担をしている。世論形成力が強い。
(21) ハウトゥー本 (how-to)
「方法」を意味し、「ｈｏｗ　ｔｏ～」という名の書物を「ハオトウ本」と呼ぶ。「ハウツー」ともいう。
(22) 上野市
地球温暖化が進んだ場合、比較的内陸の地域が新たに都市中心部となる可能性が高い。例えば、関東で言えば、「上野」辺りが中心部となる。
(23) 光電子時計 (photoelectric clock)
光が物質に当った際に発生する「自由電子」である「光電子 (photoelectron)」を利用した時計のこと。この現象を「光電効果」と呼ぶ。

光のエネルギーを電気エネルギーに変える装置を「光電池 (こうでんち・ひかりでんち photoelectric cell)」と呼び、「セレン光電池」や「Ｐ—Ｎ接合型電池」などの種類がある。また太陽光を利用したものは「太陽電池」と呼ぶ。
(24) 宇宙鉱石
地球上に存在していない物質「鉱石」が宇宙に多く存在する可能性はあるが、宇宙空間における星の誕生はほぼ同時であったため、その組成は比較的近いとされている。土星や木星のようなガス状の星は、水素やヘリウム・メタンなどから成り、地球や金星のような硬い星は、鉄やケイ素から成っている。

地球より重たい星の場合　鉄より重い物質を多く含むと考えられる。

(25) システム・エンジニアリング (systems enginering)

一つの全体システムを構成する「サブ・システム」を有機的に結合し、最も効率の高い形を設計する技術のこと。「システム工学」ともいう。

「システム・エンジニアリング」が完璧に発達すると人間は何も考えたり行動したりしなくても作業を行える。

(26) 悪夢の森

「夢」は、昼間の生活の中で意識により抑圧された現実の反映として生まれる。従って「悪い夢」とは、「悪い現実」を抑圧した結果生じたと考えてよい。

「悪夢の森」とは、昼間の現実の生活の中からはみ出してしまった多くの存在、「霊魂」や「生き物」たちが集まって暮らす世界である。

かつて小説『モロー博士の島』の中には、「ヒョウ人間」や「サル人間」「ブタ人間」などの存在が「悪夢」のような現実として詳細に描かれている。

(27) 現実の畑

その時代の地球の状態、気候や大気の組成、植物の種類などを反映しているのが「現実の畑」と言える。「畑」は、「実り」をもたらす最もわかりやすい場所である。豊かな「畑」こそ、質、量ともに豊かな「実り」をもたらす。

(28)　理想の館

「悪夢の森」と「現実の畑」と並んで最も重要な位置を占めているのが、「理想の館」である。

「理想（イデアidea)」こそが、全ての物質・現象を生み出す源であると考えられている。しかし、「理想」は、しばしば「現実」とずれている場合があり、特に「現実主義者（リアリスト)」や「実用主義者（プラグマティスト)」の中には、「理想主義」を批判している人々もある。

ただ「理想」が全くないならば「新技術」や「進歩」はない。

(29)　プラネタリウム（planetarium)

丸天井のスクリーンに四季に見える星座の移り変りや月や太陽、惑星の運行などを映し出して見せる装置のこと。一九二三年にドイツで公開されたのが最初とされている。

(30)　オゾン層

地球大気中の成層圏にあり、太陽から来る有害な紫外線を吸収し、生物を保護しているとされているオゾン（O_3）の密度の高い層、高度は10km～50kmの範囲にあり、特に、20km～25km付近の密度が最も高い。

(31)　地球温暖化

石油や石炭などの大量消費により発生する二酸化炭素やメタンによる温室効果によって、地球表面の平均気温が高くなる現象。実際二酸化炭素の濃度は一八〇〇年と比べて一九〇〇年でも約20ｐｐｍ、二〇〇〇年には約80ｐｐｍも上昇している。この結果、年平均気温は、２℃～４℃、海水面は、50㎝から１００㎝くらい、この百年で上昇するとされる。

(32)火星

太陽系にある４番目の惑星。赤道半径三千四百キロメートル（地球の約半分の大きさ）質量は地球の約10分の１大気は二酸化炭素が多く、表面温度は－30℃～－140℃とされる

(33)呼吸促迫症（ＡＲＤＳ）

肺炎や外傷が原因で24時間から48時間以内に発症する。呼吸困難や咳または胸痛が主な症状である。頻呼吸やチアノーゼがあり、重症の場合30％～40％が死亡する

(34)外傷後ストレス障害（ＰＴＳＤ）

戦争や交通事故、児童虐待などの体験から心に傷を負い、社会に適応出来なくなったり、「トラウマ（trauma、精神的な傷）」を思い出してフラッシュバックが生じたり、夢に見たりするような精神症状を呈する病気。他に記憶を失ったり、現実感覚を失ったり、不眠症や興奮状態などが見られると言われている。

(35)万物の霊長

「人は万物の霊長である」（Man is the lord of creation〈人は万物の王である〉）と英語辞典などにもあり、欧米でも比較的よく使用されている。

ただし、「霊長(れいちょう)」とは、元来「不思議な力を持つ一番優れた者」という意味の漢語であり、「東晋（317～420）」の頃に活躍した詩人「郭璞（かくはく276～324）」の書に、「咨

五才之竝用寔水徳之霊長」（郭璞江賦）「人ハ萬物ノ霊長ナリ」という記述があるという。「水徳」とは「秦の徳」とも言われている。五つの徳（温良恭倹譲）を並び持った者が「水徳」に最も優れた者である。なお他にも「ロザリオの経二」に「バンブツノreichoniツクリタマイ」とある。

(36) 山に神様が住んでいらっしゃる

かつて、民俗学者の「柳田国男（1875～1962）」は山をめぐる様々な伝承を集めて、内容を整理し解説し『山の人生』という書物を発表した。その本によると「山の神」はしばしば女性の姿をしていると言われるがそれは、「山の神」に仕える「巫女（みこ）」である。さらに「山の神」は「山童（やまわろ）」のような子供の姿や「天狗」のような姿とも言われる。

(37) フェチシズム（フェティシズム・fetishism）」

フランスの「ド・ブロス（Charles de Bross 1709～1777）」が、アフリカの人々が、木片や貝殻などを崇拝しているのを見て「フェチコ（fetico）」（ポルトガル語で「護符（ごふ）」の意味）と呼んだことに始まるとされる。

「ド・ブロス」は、木片や宝石、金属片などがしばしば未開人や古代人の儀礼の対象や崇拝物となっていることから、これを宗教の原初形態の一つであると考え、「フェティシズム（fetishism）」と名づけた。

一般に珍しい物、目立つ形をした物が、「呪物」とされて、神秘的な力や生命力を持つと考えられた。

その後、太陽や月などの自然崇拝や「アニミズム（精霊崇拝）」の考えが主流となり、あまり使われていない。

(38) バイオマスエネルギー

バイオマス（生物体）を利用したエネルギー。イモや植物片から、メタン発酵やアルコール発酵によって得るなどの方法がある。実用化された物も多い。

「メタン発酵」ではメタン生成菌により酢酸や水素からメタンを主な成分とする「バイオガス」を作る。

「アルコール発酵」では、サトウキビやトウモロコシから「燃料用バイオエタノール」を作る。（「エタノール発酵」ともいう）

その他水素発生菌を使った「水素発酵」により「水素（H_2）」を発生させる方法もある。「水素発酵」では嫌気性細菌（clostridium や enterbacter など）を使用し、メタンと水素を発生する方法や光合成細菌により水素のみを発生させるという方法もある。その他、工業的に「水の熱分解」（ガス）によるものや半導体の「光触媒」を利用した「人工光合成」の方法もある。

(39) アンドロイドのような人間

「アンドロイド（android）」とは、本物の人間にそっくりな「人造人間」のことであり、鉄やプラスチックから作られている。ロボットのこと。

この場合は、身体の状態が鉄やアルミニウムプラスチックなどから作られたように頑丈であり、心身がプログラムに従っているように正確に動く人間のことをさす。

（40）西島

「南海トラフ巨大地震」の原因としては、日本列島の南側に位置する「フィリピン海プレート」が「ユーラシアプレート」の下に潜り込んだ結果生じた「ひずみ」とされているが、さらに、「ユーラシアプレート」の一部（「アムールプレート」と呼ぶ）が東へ動くことにも大きな原因があるとされる。

「アムールプレート」が「北アメリカプレート」を東へ押しつけた形で生じているのが、日本の「東日本」（糸魚川・静岡構造線の東側）と北海道であり、逆に「北アメリカプレート」によって「アムールプレート」が押し戻された形となって形成されているのが、北陸・中部近畿地方から中国北九州にかけての地域である。

この二つの地域は、本来別のプレートの上にある別の島と考えるべきなのである。この小説では約三六〇年後の時代ということで、西側を「西島」と呼んでみた。

（41）東島

「関東」や「東北地方」は、「北アメリカプレート」の上に位置し、「ユーラシアプレート」の南に位置する「西島」とは本来別の島と言える。「東島」と呼んだ。

（42）メタンハイドレート（methane hydrate）

メタン分子（CH_4）が水分子（H_2O）によってとり囲まれたシャーベット状の物質、永久凍土地帯や深海底などに存在する燃料物質として知られている。

日本の近海にも、天然ガス消費量の約百年分くらいの埋蔵量があると言われている。

(43) ノックアウト動物 (knockout animal)

特定の遺伝子を人工的に動かなくした実験用のネズミを「ノックアウトマウス(knockout mouse)」と呼ぶ。一九八九年、「カペッキ (Mario R. Capecchi)」と「スミシーズ (Oliver Smithies)」によって初めて生み出された。一種の「改造動物」と言える。その他、外来の遺伝子を組み込まれた動物は、逆に「トランスジェニック動物(transgenic animal) 遺伝子導入動物」と呼ばれている。

どんな動物をどんな目的で作り出すかという点は、今後とても重要な問題であり、人間の都合で生物を作り換えるのは、とても危険な許されない行為と言える。

純粋にペットとして生み出すとか、環境の変化に適応するように改造するとか、絶滅した動物種を再生するなど何らかの理由がない限り原則や目的として許されるべきではない。

また今から百二十年以上前にイギリスのSF作家「ウェルズ (Herbert George Wells 1866～1946)」により発表された『モロー博士の島』という小説の中には、科学者の生体手術によって「ゴリラ」や「ピューマ」から人間が作り出されるという話が登場する。

このような場合、まず自分自身が「馬」や「虎」「ゴリラ」のような肉体を持ちながら「脳」や「心」が「人間」となって生まれたことを考えてみるとよいと思う。

その場合身体は、完全に「馬」のようであってもシャツやパンツを身につけていたいと願うのではないだろうか?

逆に身体は人間でも「脳」が完全に「馬」ならば、ずっと「秣（まぐさ）」ばかり食べることになるだろう。「改造動物」や「動物人間」を生み出したなら、必ずそれを心から愛して育てていく責任が求められる。

(44) 宝石

誕生石というものがあり、十八世紀ころのヨーロッパで習慣となった。四月がダイヤモンド、五月がエメラルド、六月がパール、七月がルビー、八月がサードニクス、九月がサファイヤ、十月がオパール、十一月がトパーズ、十二月がトルコ石、一月がガーネット、二月がアメシスト、三月がアクアマリンとされている。

〈参考文献〉

(1)『現代国語の基礎知識』自由国民社
(2)『新世紀ビジュアル大辞典』学習研究社

なお、本書の売り上げの一部は、恵まれない子供達と災害等の際の経済支援のために役立てます。

著者プロフィール

西岡 立夫（にしおか たつお）

1970年北海道札幌市生まれ。札幌南高校、北海道大学文学部卒業。
著書『怪獣』（小説）、『みなしご少年ハック・フィンの旅』（訳書）
「日本アメリカ文学会」元会員。

緑の野獣 Green Monster

2024年 1 月15日　初版第 1 刷発行

著　者　西岡 立夫
発行者　瓜谷 綱延
発行所　株式会社文芸社
〒160-0022 東京都新宿区新宿1－10－1
電話 03-5369-3060（代表）
03-5369-2299（販売）

印　刷　株式会社文芸社
製本所　株式会社MOTOMURA

ISBN978-4-286-20581-6